烏衣の華

白川紺子

角川文庫
24141

目次

第一章　月季と霊耀　〇〇七
第二章　楊柳島の幽鬼　〇四七
第三章　神罰　〇九一
第四章　裏切りの血脈　一三四
第五章　嵐　一八三
番外編　花と光　二三七

董《とう》月《げつ》季《き》

圧倒的な巫術の才を持ち、巫術師として活動中。その才を見込まれ董家の養女になった。

封《ほう》霊《れい》耀《よう》

巫術師の名門・封家の嫡男で、月季の許婚。文武に秀で眉目秀麗だが、巫術の才はいまいち。

烏衣の華

登場人物紹介

イラスト　春野薫久

鬼鼓渓《きこけい》

楊柳島の名家・鼓方家の分家筋の青年だが、冷遇されている。一族の廟や祠を守る「墓守」。

巫術師《ふじゅつし》

術を用いて幽鬼悪鬼のたぐいを退ける者。その術は太古、神より教えられたといわれている。

烏衣《うい》

月季の飼っている燕の名前。「烏衣」は燕の別名だが、巫術師の装束が黒と白の燕のようであるため、彼らの俗称もまた「烏衣」という。

第一章　月季と霊耀

――霄《しょう》の京師《みやこ》には、稀代《きたい》の巫術師《ふじゅつし》がいる。

人々はそう噂した。

幽鬼も呪詛《じゅそ》もたちどころに祓《はら》い、護符は霊験あらたかで、士大夫《したいふ》がこぞって屋敷に招く。皇帝陛下の覚えもめでたく、禁中巫術師をさしおいて、祭祀《さいし》には彼女を呼んだ。

その名を董月季《とうげっき》。

まだ齢《よわい》十七の、うら若き美貌《びぼう》の乙女であるという。

「封《ほう》家の若様じゃないか」

雑踏のなか、その声にふり返った封霊耀《れいよう》は、聞こえぬふりをしておけばよかったと後悔した。いたのは祀学堂《しがくどう》の同輩ふたりだった。揃いの薄墨色の袍《ほう》に白い腰帯、その上から革帯を締めている。霊耀もおなじ装いだ。祀学堂――巫術の学《まな》び舎《や》の制服である。同輩たちは小馬鹿にするようなうすら笑いを浮かべていた。

「従者をつれてお買い物か？　自分で来ずとも、使用人がいくらでもいるだろうに」

　霊耀は護符に用いる朱墨を買うため、市《いち》を訪れていた。従者をつれているのは、ひとりで市に来ると家の者がうるさいからだ。そうしたことをいちいち説明するのも面倒だし、説明したところで霊耀にも同輩たちにもなんの益もない。

「そのとおり、買い物だ」霊耀は軽くうなずいて問いに答え、「さきを急ぐので失礼する」と、さっさとその場を離れようとした。歯牙《しが》にもかけぬその態度に同輩たちはムッとした様子で、ひとりが霊耀の腕をつかんだ。

「おい、封家の者だからって――」

　霊耀は静かに向き直り、相手の目を見据えた。彼らよりも霊耀は上背があり、体も鍛えている。精悍《せいかん》で、黙っているだけで不機嫌だと誤解される端整な顔立ちでもある。したがって、ただ上から黙って見おろすだけで、たいていの相手は怯《ひる》んだ。今回の相手も同様にぎくりとした顔で手を離し、あとずさった。

　今度こそ霊耀はきびすを返し、その場を離れた。うしろから「巫術の才もないくせに、えらそうに――」という捨て台詞《ぜりふ》が聞こえても、ふり返らなかった。

「げんこつのひとつくらい、お見舞いしたってよかったんじゃありませんか、若」

　従者の寒翠《かんすい》が口をとがらせる。

「そんな真似をして、父上から叱責《しっせき》を受けるのは俺だぞ。くだらん」

「でも、腹が立つじゃありませんか。若の苦労を知りもせず」

「面と向かってつっかかってくるだけ、やつらはましだろう」

同輩たちの多くは、霊耀に冷ややかな視線を向けるだけだ。あるいは、聞こえぬようにひそやかな陰口をたたくだけ。なぜなら祀学堂の学長は霊耀の父だからだ。追い出されてはかなわないから、ほとんどの者ははっきりと罵倒《ばとう》しない。巫術の才もないくせに、巫術師の名門・封家の嫡男として大きな顔をしている、と。

「祀学堂なんておやめになったらいいでしょうに……いくらでもよい師がお屋敷まで教えに来ますよ」

寒翠はぶつぶつと文句を言っている。彼は霊耀の乳母子《めのとご》なので、従者というよりは幼なじみに近いものがあり、他人の前ではさすがに慎んでいるが、ふたりで話すときにはずいぶん気安い口をきく。それを霊耀も許している。ほかに気心の知れた友人がいないせいかもしれない。

「ひとりで学ぶのでは、己と他者の力量の違いがわからぬ」

「若は冬官《とうかん》になりたいんでしょう。それならなにも巫術を学ばずともいいじゃありませんか」

冬官は祭祀を司《つかさど》る冬官府の長官である。

「祭祀と巫術は切っても切れぬ。祭祀官だからといって巫術をなにも知らぬというわけにはいかない。それがわからぬのであれば口を出すな」

霊耀は寒翠をじろりとにらんだ。さすがに差し出口が過ぎると当人も思ったか、寒翠は「申し訳ございません」と謝った。

「……いい。急ぐぞ。市門が閉まる前に買い物をすませて帰らねば」

日没とともに市門は閉まり、翌朝まで開かれない。いま陽はだいぶ西へと傾いている。

「市門が閉まったら、その辺の宿屋に泊まればいいですよ。なんなら、花街へ繰り出して」

「馬鹿を言うな」

「お固いですねえ、十七歳とは思えない」

ふたたびじろりとにらむと、寒翠はにやついた笑いを浮かべ、肩をすくめただけだった。霊耀はため息をつき、寒翠の軽口につきあうのをやめて歩を速めた。

己に巫術の才がないことを霊耀が自覚したのは、十歳のときだ。

幽鬼は見える。その声も聞こえる。座学ならば同輩の誰にも負けぬという自負はある。しかし祓う力がない。護符はなんら役に立たず、結界も用を成さない。

――なにより、彼女だ。

その名を聞くたび、あの顔を思い出すたび、霊耀は知らずしらず、眉間《みけん》の皺《しわ》が深くなっている。

董月季。

彼女にはじめて会ったときに、霊耀は己の無力を思い知った。

ほんの十歳のときから彼女は美しく、また無敵であった。

考えまいとするほど彼女の顔が浮かぶのを、霊耀は頭をふって追い払う。前方の騒ぎに気づいたのは、そのときだった。

固いものが割れる音に、逃げ惑う足音、狼狽《ろうばい》した男の叫び声。視線をあげると、人混みをかきわけ走る恰幅《かっぷく》のいい中年男の姿が見えた。男は必死の形相だ。周囲の人々は戸惑っている。彼がなにから逃げているのかわからないからだ。市は道の両側に店が軒を連ね、その手前にも商人が屋台を出してものを売っている。振り売りの行商人もいる。そのあいだを買い物客が行き交うのだから、たいそうな混雑である。その混雑のなかを、男はひきつった顔で逃げ惑う。身分賤《いや》しからぬ風体をしている。官人ではない。おそらく裕福な商人だ。高級官吏は市に出入りできぬ決まりであったし、低級官吏ならばああも豪奢《ごうしゃ》な絹の服は着られない。男はしきりにふり返り、店の屋根のほうに目を向けていた。霊耀もそちらに視線をずらす。すると、理解した。男がなにから逃げているのか。

幽鬼がいる。四つん這《ば》いになった幽鬼が屋根瓦《やねがわら》を踏み割り、蹴落《けお》としながら男を追っている。もとは女だったのだろうと髷《まげ》や襦裙《じゅくん》から察するが、手足は青黒く変色し、長い爪は瓦を突き通すほどで、見開かれたまなこは赤く、耳まで裂けた口からは唾《つば》の滴る牙《きば》がのぞいている。屋根から落ちてくる瓦に、人々が悲鳴をあげて逃げていた。なかには幽鬼が見える者もいるようで、恐怖を顔に張りつかせて腰を抜かしている。逃げもはや逃げ惑っているのは男ひとりではなく、あたりは大混乱に陥っていた。逃げてくる人々に突き飛ばされそうになり、霊耀は脇に避《よ》けた。

「若、危ないですよ、こっちに――」

寒翠が店舗のあいだにある細い路地を指さす。

「おまえはそこに隠れていろ」

「えっ、若は」

霊耀は寒翠を路地に押しやり、幽鬼から目をそらさず、ふところをさぐった。護符をとりだし、人々のあいだを縫って幽鬼に近づいてゆく。幽鬼に追いかけられている男は、転んだのか地べたを這っていた。ひいひい泣き叫んでいる。

幽鬼が屋根の上から男を見おろし、跳躍した。

――まずい。

霊耀は男に駆けよるとその体を突き飛ばし、幽鬼に向かって護符を突きつけた。しかし幽鬼が腕をひとふりすると護符はあっけなく燃えあがり、灰となる。霊耀は幽鬼の腕に撥《は》ね飛ばされ、爪が頰を裂いた。痛みとともに血が滴る。

——やはり、俺では役に立たぬか。

四つん這いになった幽鬼は喉《のど》を反らし、咆哮《ほうこう》をあげた。それは獣の遠吠《とおぼ》えのようでいて、もの悲しい慟哭《どうこく》のようでもあった。

幽鬼の双眸《そうぼう》が霊耀を捉《とら》える。膝《ひざ》をついて身構えたとき、ふと、黒い羽根が数枚、ひらひらと舞うのが視界に入った。

——彼女の術だ。

と悟ったと同時に、霊耀の横を黒衣が通り過ぎた。黒い薄衣には花鳥文が織り出されている。おなじく黒で染めた上等の袍に、白い腰帯、その上に革帯を締めているのは祀学堂の制服とおなじようで、まるで違う。薄墨の制服は半人前のあかしで、黒衣は一人前のあかし、すなわち巫術師《ふじゅつし》である。なかでも文様を織り出した絹の黒衣を身にまとえる高位の巫術師は、そうはいない。彼女はそれを許されている。

腰に佩《は》いた細身の剣は、鞘《さや》は黒漆、柄《つか》には鱶《ふか》の皮を巻き、金具は金銅、ところどころに水晶が嵌《は》め込まれている。彼女はその柄に軽く左手を置き、幽鬼の前に立った。

手を柄から離し、右手とともにゆっくりと顔の前に持ってくる。優美な仕草であった。

両手の指を軽く合わせて、唇を近づける。ふう、とそこに息を吹きかけた。あたりに漂っていた黒い羽根が、一陣の風を受けたかのように揺らめいて吹かれ、幽鬼を取り巻いた。羽根は美しく輝き、ゆらりと溶けて霞《かす》む。幽鬼は薄墨の霧に囲まれ、見えなくなる。幽鬼の咆哮が弱々しくこだました。いや、それは咆哮というより、すすり泣きの声だった。

霧が薄らいで、幽鬼の姿が見える。その姿はさきほどとは違い、白い面に整った鬟の、生きた女のようであった。可憐《かれん》な若い女である。それがすすり泣いている。掲げていた両手をおろすと、彼女はすすり泣く幽鬼に近づいた。身をかがめ、何事か幽鬼の耳元でささやく。幽鬼は泣き濡《ぬ》れた顔で彼女を見あげると、礼を言うように地に額《ぬか》ずいた。その姿が、ゆっくりと薄れてゆく。風が吹いた。地面から砂が巻き上がったと思ったときには、幽鬼の姿は消え失《う》せていた。

黒衣の彼女がふり向く。その目は霊耀に向けられている。うっすらと微笑を浮かべていた。つややかな黒髪は双鬟《そうかん》に結いあげ、そこに黒い羽根飾りを挿している。透き通るような青白い額に形のよい眉《まゆ》、その下にある目は杏仁《きょうにん》形で、睫毛《まつげ》が長いのが数歩離れたこの距離でもわかる。弧を描く唇は、紅をひいたわけでもなさそうであるのに赤い。総じて蠱惑《こわく》的な顔立ちをしている。ことにその目つきが。霊耀は目をそらすのも悔しく、じっと見返していた。

董月季。霊耀がつねに苛立《いらだ》ちとともに思い浮かべるのは、彼女だった。

月季は優雅な足どりで霊耀に歩み寄ると、膝をついて顔を覗《のぞ》き込んだ。衣に香を薫《た》きしめているのか、いいにおいが漂う。間近に見る月季の瞳《ひとみ》は濡れたように輝き、吸い込まれそうだった。

「怪我をしてらっしゃるわ。あなたはそうやって、すぐ無理をなさるのだから」

涼やかでやわらかい声が響き、霊耀の頬に手巾《しゅきん》があてられる。ぎょっとした霊耀は、身をよじって月季から離れた。月季は驚いたように目をみはるが、すぐに笑みを見せる。

「ご安心なさって、清潔なものよ」

再度、手巾を霊耀の頬に押しあてると、霊耀の手をとり、その上から押さえさせた。

「董……董師公《しこう》！」

男が這うようにしてこちらに近づいてくる。例の幽鬼から逃げていた中年男である。顔は汗と涙にまみれ、頭に被《かぶ》った幞頭《ぼくとう》も乱れて、豪奢な服も土埃《つちぼこり》にまみれている。どれだけ必死にあの幽鬼から逃げていたかわかる。

「あれは……あれは消えたのでしょうか。もう襲ってはきませんか」

震える声で尋ねる。月季は立ちあがり、彼に向かってにこりと笑った。どこか冷ややかな笑みだった。

「もう大丈夫でございます。彼女は楽土へと旅立ちました。あなたのもとへ現れることはないでしょう」

ああ！　と男は喜色を浮かべ、月季を伏し拝んだ。

「ありがとうございます、ありがとうございます……！　あの幽鬼が現れてからというもの、もう生きた心地もなく――」

どうやら月季はこの男からさきほどの幽鬼を祓《はら》うよう、依頼を受けていたようだった。遠巻きに成り行きを見ていた観衆が、ざわめくのが聞こえてくる。あれが董月季か、当代きっての巫術師だという――そんな声が聞こえる。

とうの月季は観衆の目も声もまるで気にするふうがない。何度もうれしげに礼を述べる男を冷ややかに見おろしていた。依頼を無事終えたのに、さして喜ばしそうでもない。不可解な思いで霊耀が月季を眺めていると、彼女はつと顔をあげ、前方に目を向けた。霊耀もつられてそちらを見る。鳥が一羽、月季のもとへと飛んできた。燕《つばめ》である。月季が白い手を差し伸べると、燕はそこにとまった。月季が飼っている燕だった。そのあとを追うように、騒々しい足音が近づいてくる。数人の捕吏が走ってくるのが見えた。市を管理する市署の捕吏である。騒ぎを聞きつけてやってきたのか、と思ったが、違った。

「市の東壁南角にある両替商の李《り》か？」

男はぽかんとした顔で捕吏を見あげた。「はあ、さようでございますが……」

「密告によりおまえの屋敷の庭を掘り返したら、女の亡骸《なきがら》が出てきた。話を聞かせてもらおう」

男の顔から血の気が引いた。ぱくぱくと口を動かすが、声は出てこない。

「さあ、立て」

捕吏が両側から男を立ちあがらせる。男は震えあがっていた。

「ちが、違うんだ、あれは、聞いてくれ、あの女が勝手に死んで――」

わめきながら引っ立てられてゆく男を、霊耀はあっけにとられて眺める。ふと視線を月季に向けると、彼女はそんなものには興味もなさそうに、細い指で燕の背を撫《な》でていた。霊耀と目が合うと、にこりと笑う。

「……どういうことだ？」

霊耀が立ちあがると、月季は燕を肩に乗せ、袖《そで》で口もとを隠してささやいた。

「あの豪商は、夜な夜な妾《めかけ》を痛めつけるのが趣味だったの。ついには妾をいじめ殺して、埋めたのよ。それで妾は幽鬼になって、彼を殺そうとしたの」

霊耀は眉をひそめた。「では――おまえがそれを密告したのか？」

月季は答えず、ほほえんだだけだった。霊耀は幽鬼が消えたあたりを見やり、尋ねた。

「おまえは最後、あの幽鬼になんと言ったんだ？」

これには、月季は答えた。

『あの男はちゃんと破滅するから、あなたは安心して楽土へお渡りなさい』――そう言ったのよ」

そうか、と言い、霊耀はもうひとつ尋ねる。

「あの幽鬼は、無事に楽土へ行けそうか？」

月季はじっと霊耀の顔を見つめたあと、花のような笑顔を見せた。

「ええ、きっと」

若、と寒翠が駆けよってくる。「ご無事ですか？　わっ、怪我を！　旦那様《だんな》に叱られるなあ」

「かすり傷だ。黙っていればわからぬ。――それより」

霊耀は空を見あげた。夕焼けに染まっている。

「朱墨を買いそびれたな。いまからでは遅い」

そろそろ閉門を告げる市鼓《しこ》の音が聞こえてきそうだ。もう帰らねば居住区の坊門も閉まってしまう。

「まあ、お買い物だったの？　巻き込んで、悪いことをしてしまったわ」

月季は小首をかしげる。

「いや、首を突っ込んだのは俺のほうだ」

――できることなど、なにもないのに。

内心、落ち込む。月季が困ったような顔をした。

「朱墨なら、わたしが余分に持っているから、お屋敷のほうへお届けしましょうか」

気遣うように言う。買いそびれたことに気落ちしているとでも思ったのだろうか。変な女だな、と霊耀は思う。霊耀に気を遣ってもなんの得もないだろうに。

「いや、べつにその必要はない」

「あら、そう」

月季はどこか落胆したような顔を見せて、口をつぐむ。気遣いを無にされたことが気に入らなかったのだろうか。

でも、と月季はふたたび口を開いた。

「でも、ちょうど明日にでもあなたのお宅に伺おうと思っていたのよ。あなたに頼みたいことがあって」

「頼みたいこと？　なんだ？」

「それは明日お話しするわ」

にこやかに告げる月季に問い質《ただ》そうとするも、市鼓が鳴りはじめて、霊耀はあわただしく立ち去るしかなかった。

「あいかわらず、仲のよろしいことで」

市門に向かって急ぐさなか、寒翠がそんなことを言う。

「どこをどう見てそう言えるんだ？」

「花街に足を向けもしない若があれだけ親しく口をきける乙女は、あのかたくらいでしょう」

「それは――口をきかぬわけにもいかないだろう」

苦々しい思いで霊耀は言う。

「許婚《いいなずけ》なのだから」


月季が霊耀の許婚にと定められたのは、おたがいが十歳のときだった。霊耀は父につれられ、董家を訪れたのを覚えている。董家は封家とともに巫術師《ふじゅつし》の二大名家だった。現王朝の初代皇帝・炎帝《えんてぃ》の御世《みよ》に巫術師は迫害を受け、その存在はほとんど絶えたも同然であったのを、三代目皇帝および今上帝とともに再興したのが董家と封家だった。その両家の縁談である。

あいさつを交わした月季はおとなしく、伏し目がちで、表情も口数も乏しかった。いまとはずいぶん違う。彼女はその半年前に董家に養女として引き取られていた。もとは董家の遠縁の家柄だという。いきさつは知らないが、おそらく月季の才を見込んで、董家当主は彼女を引き取ったのだろう。すでにその歳で月季は護符も使わず幽鬼を祓うことができた。結界は堅固で、弱い幽鬼であれば結界に用いられる紐《ひも》に触れただけで消え失せた。彼女のあの黒い羽根が飛ぶ術はいったいどういうものなのか、ほかのどの巫術師にも使えぬ術だった。

はじめて顔を合わせた数日後のことだったと思う。霊耀は市でひとりでいる月季を見つけた。燕がその頭の上にとまっていた。侍女も下僕もつけず、市の片隅でぽつんとうずくまっていたので、霊耀は声をかけた。霊耀は寒翠のほか、大人の従者もつれていた。月季は、ひとりで市に来て、迷ってしまったと疲れた様子で答えた。なぜひとりで市に来たのかは言わなかったし、霊耀も訊《き》きそびれた。いま思えば、よく人攫《ひとさら》いなどに目をつけられなかったものだと恐ろしくなる。霊耀は半べそをかいている月季をつれて董家に送り届けた。その途上のことである。

霊耀たちは、幽鬼にあとをつけられた。市で拾ってきてしまったらしい。人混みでは、そういうことがある。幽鬼は己に気づいた者に取り憑《と》《つ》こうとする。

市の門を出て、大通りを歩いているとき、月季がそれに気づいた。

「うしろから、幽鬼がついてきてる」

そのころ月季は幽鬼をひどく恐れていて、顔をひきつらせ、震えていた。対して霊耀は巫術師の家に生まれ、幼いときから幽鬼など見慣れていたので、さして怖いとも感じなかった。くるりとふり返ると、通りを行き交う人波や馬車の向こう、たしかに幽鬼がいた。霊耀の母とおなじくらいの年頃に見える女だった。一見すると生者と変わりない。しかし青白い顔に生気はなく、視線も定まらない。赤い衣を着ているようだった。ほとんど足が動かず、ゆっくり歩いているように見えるのに、疾走しているかのように近づいてくるのが妙に早い。

「案じることはない。父上からもらった護符がある」

霊耀はふところをたたいた。それでも月季は不安げに何度もうしろをふり返っていた。

大通りから董家の屋敷がある通りへと入ったとき、それまで月季の頭の上にのっていた燕《つばめ》が、急にばたばたと羽ばたいて上空を旋回した。かと思えばひゅうっと足もとをかすめて飛び、霊耀たちは驚いて避《よ》けた。月季が声をあげてその場にうずくまり、泣きだした。怖い、怖いと言って泣く。霊耀は困惑してその背を撫でてやった。気づいたときには、背後に幽鬼がいた。

ふところから護符をとりだす間もなく、霊耀の総身は氷をあてられたように冷たくなった。思えばこのとき、霊耀は幽鬼に取り憑かれたのだろう。死ぬのだろうか、とは思わなかった。そう思うよりさきに、月季に助けられたからだ。

月季は霊耀の胸に手をあてた。その瞬間、体のこわばりがとれて、冷たさがふっと消えた。月季の大きな目が霊耀を見つめていた。睫毛《まつげ》が涙に濡《ぬ》れていたが、もう彼女の目に恐怖の色はなかった。周囲に黒い羽根が舞い散っていた。それが霊耀の背後に集まる。ふり返ると、羽根は幽鬼を覆い隠すところだった。幽鬼は目をみはり、なにか叫ぼうとしてか大きく口を開いていたが、そこに羽根が詰まり、声は出なかった。幽鬼は羽根に包み込まれ、それが霧と化したときには、消えていた。影も形もなかった。

月季の力を見たのは、そのときがはじめてだった。圧倒された。護符もなく、呪言《じゅごん》もなく、剣も使わず、幽鬼を消し去った。

——才とは、こういうものなのだ。

と、子供ながら霊耀は思い知った。このとき助けてもらった礼をちゃんと告げたかどうか、霊耀は覚えていない。嫉妬《しっと》のにじんだ目でにらんだかもしれない。夢でもこの光景は幾度も見るが、霊耀はいつでも嫉妬に駆られている。

——あの才が己にあったならば。

そう思うたび、いやでたまらなくなる。なぜ彼女が許婚なのだろう。いや、わかっている。

——俺に才がないからだ。

「若、旦那様がお呼びですよ」

寒翠に呼ばれて、霊耀は父のもとへと向かった。予告どおり、月季が訪ねてきていた。今日の月季はふだんの黒衣ではなく、良家の子女らしい上等の襦裙《じゅくん》に身を包んでいる。高く結いあげた髪には、きらびやかな釵《かんざし》や花が挿してあった。

「そこに座りなさい」

父は月季の隣を示した。霊耀は言われたとおりに座る。月季は霊耀を見て顔を傾け、にこりと笑った。いやな予感がする、と霊耀はなんとなく思った。

「月季殿は、依頼を受けて明日にも索《さく》州の楊柳島《ようりゅうとう》へ向かうそうだ。霊耀、おまえは彼女に同行するように」

父らしい、端的でわかりやすい説明だった。――が。

「同行？　なぜですか」

幽鬼を祓《はら》うのであれば月季ひとりでじゅうぶんだろう。霊耀が同行する意味がわからない。

「董家当主からの頼みだ。いくらなんでも、若い娘ひとりで京師から出すわけにはいかぬと」

「はあ……」

若い娘といったって、月季ではないか。祓えぬものなどないという稀代《きたい》の巫術師ではないか。そう思っているのが顔に出たのか、父は深いため息をついた。

「おまえ……考え違いをしていないか。月季殿は巫術師としては優秀だが、若い娘には変わりない。剣は持っていてもそれは巫術に用いるものであって、剣術ができるわけでもなければ、腕っ節が強いわけでもない。索州は京師からそう遠くもないが、ひとり旅をさせるわけにもいくまい」

「護衛を雇えばよいのでは」

「どこの馬の骨とも知れぬ者を同行させたくはないと先方は言うのだ」

「私であれば許婚だからちょうどよいと」

「気がすすまぬのであれば断ってもよい」

さらりと父は言う。父のこういうところがいやだ、と思う。断れるわけがない。霊耀が封家の跡継ぎでいられるのは、月季が許婚だからだ。破格の力を持つ月季を妻に据えることで董家との均衡を保つ、それが霊耀の役目である。

父は亡き祖父の養子だ。祖父もまた養子だった。巫術の才を見込まれてのことだ。封家は血筋ではなく能力で跡継ぎを選んできた。いま霊耀が跡継ぎなのは、ただ父が己の血を継いだ息子に跡を継がせたいという欲があるからだ。

「……同行するあいだ、祀学堂はどうします」

「座学くらい、おまえならあとからすぐに追いつけるだろう」

「わかりました。同行します」

半ば投げやりに答えた。「話がそれだけなら、失礼します」言うや否や、霊耀は席を立った。

中庭に出て植えられた梅の木を眺めていると、「霊耀」と声をかけられる。月季である。当初は『封の若君』と呼んでいたのを、煩わしいので字《あざな》で呼ぶように求めた。

「これを」

月季は手にしていた小さな木箱を霊耀にさしだした。「お約束の朱墨よ」

「いらぬと言ったが」

「でも、ないと困るでしょう？」

月季は手を引っ込めようとはしない。霊耀はため息をついて受けとった。月季はほっとした表情を一瞬見せる。小さな木箱ひとつといっても、わざわざ持ってきてくれたのだ。意地になって月季の親切心を突っぱねていたのが子供じみた行為に思えて、霊耀は自らを恥じた。

「……正直、助かった。ありがとう」

そう言うと、月季ははっと目をみはり、はにかんだような笑みを浮かべた。

「わたしのほうこそ、同行を引き受けてくださって、どうもありがとう。ひとり旅は不安だったの」

「嘘をつけ。どうせ、俺が同行せねば京師からは出さぬと言われて、しかたなくだろう」

　月季は心外そうな顔をする。

「お父様には、あなたが同行しないのであれば許可はしないとは言われたけれど、ひとりで行きたければかまわずひとりで行っているわ」

　それはそうか、と霊耀は思う。月季は自由奔放である。

「わたしだって、祀学堂を休ませてまで同行させるのはどうなのかしら、と思ったのよ。そこまでさせては悪いでしょう。あなた、真面目だもの。でも、お祖父《じい》様がそれもいいんじゃないかとおっしゃるものだから――」

「董老公《ろうこう》が？」

　霊耀は驚きとともに一歩前に踏み出した。月季は気圧《けお》されたようにうしろにさがる。

「ええ、そう。座学で学べぬものもあるだろうって。とくにあなたには」

「……董老公がそうおっしゃるのであれば、俺に異存はない」

　月季は苦笑した。

「いやあね。みんな、お祖父様のおっしゃることには一も二もなく賛成するんだもの」

「当然だろう。あのかたなくしていまの巫術師《ふじゅつし》はない」

「お祖父様自身は巫術師ではないけれど」

「もと冬官だ」

偉大なる冬官である。月季の祖父は——月季は養女なので血縁としては祖父ではないが——、冬官でありながら絶える寸前であった巫術師を再興したのだ。聡明《そうめい》で清廉潔白、いまでも巫術師や祭祀官《さいし》からの尊敬を一身に集める人物である。むろん、冬官を目指す霊耀にとっても理想と敬う相手だった。

「あなたはほんとうに、お祖父様のこととなると目の輝きが違うのだから」

月季があきれたようにつぶやく。

「なにか言ったか？」

「いいえ。楊柳島での仕事がすんだら、お祖父様にお会いになるといいわ。お祖父様もお喜びになるでしょう」

「そういえば、肝心なその楊柳島での依頼内容を聞いていなかったな」

俺が祓うわけでもないのだから、聞かずともいいか、とも思ったが、やはりそういうわけにもいくまい。そう考え直して、訊《き》いた。

「楊柳島で大きな旅館を営む主人がいるのだけど、彼に女の幽鬼が取《と》り憑《つ》いているのよ。取り憑いているのはわかるのだけど、どうもおぼろげで、恨みがあるふうにも見えないし——昨日みたいな幽鬼だとわかりやすいのだけどね——、その幽鬼に主人は心当たりがあって、親戚《しんせき》の娘じゃないかというの。なんでも数日前に島の川で溺《おぼ》れて死んだのですって。無理に祓うのも気の毒でしょう。だから島へ行って、いくらか調べてみようかと思ったのよ。その主人には護符を渡して、一度帰ってもらったわ」

月季は幽鬼を強引に消し去る祓いかたを好まない。幽鬼自ら楽土へと旅立てるようにする。しかしそんな方法がとれるのは、月季にそれだけの余裕があるからだ。多くの巫術師は選択するだけの力がない。ただ祓うだけで精一杯なのだ。

「報酬は半分、前金でもらっているの。あとの半分は幽鬼を祓えたら。前金をもらっている以上、しっかり働かなくてはいけないわ。あなたもどうかお願いね」

真面目な口ぶりで言う。霊耀にとって月季は、なにを考えているかわからないところのある少女だが、幽鬼を祓うことにかけては真摯《しんし》であるのは知っている。

「あら、ご覧になって」

ふいに、月季は梅の木を指さした。見れば、枝に燕《つばめ》がとまっている。月季の燕だ。

「烏衣《うい》はこの木が気に入ったみたいよ」

「……いいかげん、もっとちゃんとした名前を考えてやったらどうだ」

月季はこの燕を『烏衣』と呼ぶ。烏衣は燕の別名である。『燕』と呼んでいるのと大差ない。

月季は軽やかに笑った。「あなたって、妙なことをいつも気になさるのね」

「妙なこととはなんだ」

「だって、燕の名前を思いやるなんて――おやさしいわ」

「馬鹿にしてるのか」

「どうしてそんなふうに受けとるのかしら」

月季は不服そうな顔を見せる。

「どうしてもなにも、そうとしか聞こえん」

やれやれ、と言いたげに月季はため息をついた。

「それはともかく、烏衣は烏衣でいいのよ。この子はこの名を気に入っているのだもの」

「燕の気持ちなどわかるものか」

「気に入らなかったら、呼んだって来ないわ。ためしに違う名で呼んでごらんなさいよ。来ないから」

なるほど、月季の燕らしい。

「しかし巫術師の飼う鳥を烏衣とは……洒落《しゃれ》かと思ったが」

黒の袍《ほう》に白い腰帯の風体から、巫術師は俗に『烏衣』と呼ばれる。

「わたし、それほど風流ではなくてよ」

月季はころころと笑った。そこにかつて怯《おび》えて震えていた少女の姿はもうない。見慣れた黒衣でないせいもあって、霊耀は妙な気分だった。

「どうかなさったの？」

「いや……。今日はどうして黒衣じゃないんだ？」

「仕事でもないのに、おかしいでしょう。許婚《いいなずけ》として訪問したんですもの、失礼のない恰好《かっこう》でなくては」

月季は彩り豊かな花模様が捺染《なっせん》された裙《くん》をつまんだ。「すこし派手だったかしら。春草《しゅんそう》はこれくらい華やかなほうがいいと言っていたのだけど」

春草は月季の侍女である。

「さあ。俺は婦女子の恰好の善し悪しなどわからん」

「好き嫌いくらい、おありでしょう。金糸銀糸は派手過ぎるとか、赤が好きとか嫌いとか」

考えたこともなかったので、まるでわからない。

「どうでもいい」

「どう――」

月季は絶句した。いくらか傷ついたような顔をしたので、霊耀は面食らった。

「おまえ自身の好き嫌いならともかく、俺の好き嫌いがどう関係あるんだ？」

そもそも月季は自分の好き嫌いを基準に日々を過ごしている女である。すくなくとも霊耀にはそう見える。

月季は醒《さ》めた目を霊耀に向けた。

「いくらわたしに興味がなくたって、許婚の恰好には気を配ったほうがいいと思うわ。董家の面目というものがあるのですからね」

言い捨てて、月季は庭から去っていった。そのあとを烏衣がすい、と飛んでついてゆく。

董家の面目。それはたしかに軽んじてはいけない。いくら家の決めた許婚だからといって。

──実際のところ、月季は不満なのだろう。

だが養女という立場からして、不満であっても表には出せまい。月季であれば、巫術の才あふれる男に嫁ぐことも、はたまたその美貌《びぼう》から高官に嫁ぐこともできる。巫術の才もなく、彼女が許婚でなければ跡継ぎの座も危うい霊耀のもとに嫁がずとも。家が決めたことでなければ、月季は霊耀を選びはしないだろう。それでも彼女は霊耀の許婚として、つねにそつなくふるまっている。その態度の奥深くにある心情を、うかがい知ることはできない。

月季の心情について思いを馳《は》せると、霊耀は寒々しい気分になる。ため息をついて、梅の木のそばを離れた。

月季は董家の屋敷に帰ってくると、まっさきに祖父の住む棟へと向かった。屋敷は庭を囲んでいくつかの棟があり、最も陽当たりのいい東側の棟の一室が祖父の部屋だった。渡り廊下を歩いていると、塀の向こうから若者の笑いさざめく声がかすかに聞こえてくる。屋敷の隣には董家の祀学堂があって、董家のもとで巫術を学びたい者はここに集う。かつて屋敷内に董家の子弟のために設けた私塾がもとだ。封家には封家の祀学堂があり、またほかの祀学堂もあるが、いずれも董家か封家を頂点としていた。巫術師は董家か封家の免状をもらうことで活動できる。現状、これが巫術師の質を保つ最善策だと父は言う。

——巫術師の質ではなく、禁中巫術師の質でしょうに。

と、月季は苦々しく思う。優秀な巫術師は皆、冬官府に所属して、禁中巫術師になることを望む。それが名誉だからだ。巷間《こうかん》にいる巫術師は禁中巫術師になれなかった者たちで、あるいはもぐりだったり、詐欺師であったりもする。

だったら、自分は市井の巫術師でいよう。月季はそう決めた。市井の人々を救いたい、という崇高な思いがあるわけではない。月季が救いたいのは、たぶん、小さいころの自分だ。継母の幽鬼に怯え、震えていた自分。

——あのとき、わたしを見つけてくれたのは、霊耀だった……。

彼はそんなことをすこしもわかっていないだろうけれど。

「お祖父《じい》様」

室内に飛び込むと、書物を広げていた祖父は顔をあげ、柔和な笑みを浮かべた。

「おや、ずいぶんご機嫌だ。霊耀は元気だったかい」

「ご機嫌に見える？　ちっともそうじゃないわ。霊耀はあいかわらずよ」

月季は顔をしかめて言い、椅子に座る祖父のかたわらにしゃがみ込み、その膝《ひざ》にもたれかかった。月季が子供のように甘えるのは、祖父だけだった。

祖父は月季の頭をやさしく撫《な》でてくれる。「はは……あいかわらずか。真面目な子だからね」

「あのひとがうれしそうにするのはね、お祖父様の話をするときだけよ」

祖父は愉快そうに笑った。髪も顎鬚《あごひげ》も真っ白で、長身ながら痩《や》せぎすの祖父はずいぶんな高齢だが、見かけに反していたって健康である。昔は病弱だったというが、信じられない。

「おまえの恋敵は私か。それはたいへんだ」

「笑い事じゃあないのよ、お祖父様。わたしの悩みは真剣なのよ」

「まあまあ、機嫌を直しておくれ。いまにお祖母《ばあ》様が棗《なつめ》の蜜煮《みつに》を持ってきてくれるからね」

そういえば甘いにおいが漂っている。棗や杏《あんず》の蜜煮は祖母の得意料理だった。祖母は祖父と歳が離れているが、老齢になるとその差はあまりわからない。古くからの名門・雲《うん》家の娘であるにもかかわらず、跳ねっ返りで武者修行と称して国内を飛び回っていたそうで、料理でもなんでもひととおり自分でする。良家の令嬢らしくないので、月季がおなじように令嬢らしくなくとも笑ってすませてくれる。父母は渋い顔をするが。

「お祖母様は、楊柳島へ行ったことがあるかしら」

「さあ、どうだろう。あの島の話は、彼女から聞いたことがないが」

楊柳島は風光明媚《ふうこうめいび》な島で、歓楽街だともいうから、武者修行には適していないかもしれない。

「島へ行くときには、蓮《はす》の実の蜜がけでも持っていきなさい。好きだろう」

「ええ、そうするわ。お祖母様のお菓子は霊耀も好きだから」

月季は祖父の膝に頭をのせて、目を閉じた。祖父の手がやさしく頭を撫でる。

「お祖父様……また烏妃《うひ》様のお話が聞きたいわ。不思議な術を使う女の子のお話……」

祖父が冬官であったころには、烏妃という存在が宮中にいた。巫術師でなくとも巷間で知る者は多い言い伝え。黒衣に銀髪の、美しき最後の烏妃。いまの巫術師の装束は、彼女に由来するという。祖父――董千里《せんり》は最後の烏妃をよく知っており、いまだに親交がある。彼女の話を聞くのが、月季にとっては楽しみのひとつだった。

「彼女もお菓子の好きなひとでね……」

やわらかな祖父の声に月季は安堵《あんど》する。祖父の膝は月季にとって安寧の場所だった。もう月季の生命をおびやかす者はいない。月季の心身を傷つける者もいない。そう安心できる。幼いころとは違う。董家に引き取られる前とは。

思い出すのは、熱だ。熱い。熱した火箸《ひばし》を足に押しつけられている。月季は腕を噛《か》んで必死に悲鳴を押し殺していた。そのころ、月季は月季という字《あざな》を持ってはいなかったが。

いまだに当時の夢を見て、飛び起きることがある。火箸の熱さ。あれは忘れられるものではない。継母は月季の顔や手には傷をつけなかった。露見を恐れてのことだ。ひそかに月季の背を笞打《むちう》ち、足や腕に火傷《やけど》を作った。実母は月季を産むと同時に死亡し、役所勤めの父は多忙で、男児を切望し、女児の月季は忘れ去られていた。継母がそれほど月季を憎む理由は判然としなかったが、どうも月季の実母は家妓《かぎ》——妾《めかけ》であったらしい。継母は正妻だった。おそらく継母は実母のことも折檻《せっかん》していた。継母のような正妻を妬婦《とふ》と呼ぶそうだが、そんな呼称があるほどよくあることなのだろうか。

いちばんこたえたのは、継母の機嫌が悪ければ、食事も排泄《はいせつ》も許されないことだった。あまりにつらかったせいか、夢に見もしない。思い出したくもない。火傷の痛みは強烈で、ほかのつらいことを忘れさせてくれる。

継母の悪事が露見したのは、彼女が死んだからだ。あの日、よほど虫の居所が悪かったらしく、継母は月季を蔵につれてゆき、火箸で目を潰《つぶ》そうとした。激しく抵抗した月季が気づいたときには、継母は死んでいた。尋常な死にかたではなかった。四肢がもがれていた。首はひねり折られていた。なにか大きな化け物に蹂躙《じゅうりん》されたかのような殺されかただった。

虎が出たのだろう。継母の死は、そう結論づけられた。虎の足跡のひとつもなく、目撃談さえなかったのに、それくらいしか理由づけができなかったのだ。人のできる技ではなかった。月季の証言もあった。月季は見ていた。『なにか大きな化け物』のようなものが、継母に襲いかかるのを。それは黒い影で、月季は恐ろしさに目をつむってしまったので、継母の悲鳴や骨の折れる音らしきものを聞いただけだった。自分も殺されるのだと思っていたが、月季にはなにも起こらなかった。

月季の体に複数の傷が見つかり、継母のしてきたことも知られることとなった。月季は遠縁だという董家に引き取られることが決まった。ほんとうに遠縁なのかどうか、知らない。ただ月季の実父や屋敷の者たちが、月季を恐れていることはわかった。月季には、なにか恐ろしい力が備わっている、人を殺せるような——そう恐れていたのだ。

悪夢に目を覚ましたあと、月季はいつも、己の手を見つめる。暗闇のなか浮かびあがる白い手を。ほんとうのところ、どうなのだろう。月季の力は、継母を殺したのだろうか。あのころ、月季は声を聞くことがあった。

——殺してやろうか。

そう軒先から響くことも、

——殺してやろうか。

井戸の暗い底から響くこともあった。男の声なのか、女の声なのかも判然としない、奇妙な声だった。

継母は死んだ。あの声の主が、殺したのだろうか。

だが、そんな疑問を考える暇もなくなった。董家に引き取られたあと、継母の幽鬼が現れたからだ。すぐそばに現れるのではない。遠くから、じっと月季をにらんでいる。衣は真っ赤に染まっている。もがれた四肢をむりやりくっつけたような姿で、体は傾いでいる。まだ馴染《なじ》めぬ董家の人には打ち明けることができなかった。打ち明けていれば、すぐに祓《はら》ってくれたかもしれない。月季は遠くに見える継母の幽鬼に怯《おび》え、うつむき、ただ震えていた。

あのとき、ふらふらと市に迷い込んだのは、継母の幽鬼から逃げようとしてのことだった。どこをどう歩いているのだかわからなくなって、疲れて、しゃがみ込んだ。途方に暮れていた。烏衣は慰めるように月季のそばを離れなかった。そういえば、烏衣はいったいいつから月季のかたわらにいるようになったのだったか。覚えていない。

しゃがみ込む月季を見つけたのが、霊耀だった。彼は数日前に会っただけの月季を人混みのなかで見つけ、助けてくれた。あのとき、どれだけ心強かったか。継母の幽鬼があとをつけてくるなか、霊耀は月季を励ました。追いつかれて、彼が取《と》り憑《つ》かれそうになったとき、はじめて、月季は己に幽鬼を祓うすべがあるのを知った。霊耀を助けたい一心で、月季は継母の幽鬼を彼の体から追い出し、祓った。消し去った。力尽くで、消し去ったのだ。このさきも、霊耀を助けるためなら、月季はいくらでも強引に幽鬼を祓うことができるだろう。

霊耀が月季を疎んじているのはわかっている。ふたりは家同士の決めた許婚《いいなずけ》というだけだ。霊耀は月季を疎んじていながらも、家のことを思えば許婚の関係を拒否できない。やさしいひとだから、月季に対して邪険な態度に徹することもできない。そんな彼に己を好いてほしいとまで望んでは、罰が当たる。月季がそばにいることさえ、煩わしいだろう。それなのに心のどこかで望んでしまう。もしかしたら、いつか霊耀が好意を抱いてくれるのではないかと。

——きっと実ることのない、望みだろうけれど。

それでも月季は、あのとき月季を見つけてくれた霊耀を、真面目で不器用な彼を、慕っている。

「なぜおまえひとりなんだ？」

船着き場に現れた月季を見て、霊耀はいぶかしんだ。月季はいつもの黒衣に、さして大きくもない革袋ひとつ肩に下げただけで、侍女も下僕もつれていない。肩には烏衣が乗っているが。

これから一日かけて連絡船で川をくだり、楊柳島へ向かうという朝だった。

「長旅でもなし、荷物はそうはないのだし、荷運びの下僕はいらないでしょう。春草は董家の大事な家婢《かひ》なのだから、いつも仕事にはつれていかないの。怪我をしたらいけないもの」

飄々《ひょうひょう》と月季は答える。家婢はその家の財産のひとつであるのはたしかだ。とはいえ。

「身の回りのことはどうする」

「いやあね、自分でできるわ。たいそうな装束を着るわけじゃないんだもの。髪だってひとりで結える髷《まげ》にするわ」

月季はあきれたように言う。「物見遊山に行くのじゃないのよ。身軽にしないと」

霊耀は気まずい思いで背後をちらとふり返る。寒翠のほか、荷運びの下僕もふたりほどつれていた。ひとりは驢馬《ろば》をひいている。驢馬の背に積んであるのは銭代わりの布帛《ふはく》だった。旅には金がかかる。銅銭も何緡《さし》か、寒翠に持たせてあった。

「金は――」

「島に着けば依頼主が面倒を見てくれるから、そうはいらないわ。布帛も驢馬も邪魔になるから帰して。銅銭は、そうね、ひと緡残してあとは飛銭《ひせん》に替えてしまって。あちらに両替の店があるから」

飛銭は銅銭代わりになる紙である。重い銅銭と違って旅には便利だ。現地で銅銭と交換することになる。

「従者をつれてゆくのは、とめはしないわ」

暗に、そうでないと身の回りの世話に困るだろうと言われているようで、霊耀はカチンときた。

「いや、俺もひとりでいい。――寒翠、おまえはここで帰れ」

「ええ？　大丈夫ですか、若」

「自分のことくらい自分でできる」

「そうですかねえ……」

不安げな寒翠から、荷物をなかば奪うように受けとる。「大丈夫だ。幼子でもあるまいし」

「無理しなくていいのよ」と月季にも心配そうに言われて、霊耀は屈辱を覚えた。

「董のお嬢様とはぐれないようにしてくださいよ、若。旅先で迷子にでもなったら、きっと若は生きていけませんよ」

「馬鹿にするな」

「心配してるんですよ。坊っちゃん育ちなんだから」

どういう点が『坊っちゃん育ち』なのかわからない。だから黙っていた。

「子供のころは、わたしが迷子になって、霊耀が助けてくれたのよ」

なつかしげな目をして月季が言った。覚えていたのだな、と霊耀は思う。

「だから霊耀は、案外たくましいと思うのだけれど」

「『案外』とはなんだ。おまえは俺を護衛のためにつれていくんじゃないのか」

「そういうたくましさとはべつの意味よ。用心棒としては、もちろん頼りにしているわ」

霊耀の全身は、しなやかな筋肉で包まれている。その辺のごろつきに喧嘩《けんか》で負けることはないだろう。月季の言う意味はわかっている。腕っ節の強さと精神の強さはべつだ。

――子供のころのほうが、俺は勇敢だった。

そう思う。怖いものなどなかった。なんでもできると思っていた。なにもできないと知るまでは。

「霊耀――」

月季が霊耀を促す。「そろそろ船が出るわ。乗りましょう」

船に乗ると、水上の冷たい風が頰を打った。

「あなたのことは、ほんとうに頼りにしているのよ。そうでなかったら、同行を頼まないわ」

慰めるように言われると、かえって気が滅入《めい》る。

「あら、ねえ見て」

月季が船着き場のほうをふり返り、霊耀の袖《そで》を引っ張った。物憂い気分でそちらを向く。陸を歩く黒っぽい一行が目についた。

「あれは……」

黒紗《こくしゃ》の幕を垂らした輿《こし》が担がれ、周囲には鈍色《にびいろ》の袍《ほう》を着た男が数人、黒衣の巫術師《ふじゅつし》もまた数人、付き添っている。

「巫術師に放下郎《ほうかろう》……ということは、輿に乗っているのは冬官か、祀典使《してんし》か」

鈍色の袍の男たちは、放下郎という、冬官府に勤める祭祀官だ。

「祀典使じゃないかしら。ほら」

月季が指さす。幕が風に煽《あお》られて、黒衣が覗《のぞ》いた。袍ではない、大袖の紗衣《しゃい》だ。乗っているのは女である。

「このあたりで今日、祀《まつ》りでもあったかしら」

「さあ」

祀典使は祀りを行う役目を負う。冬官府に所属する禁中巫術師と巫女《みこ》の長であり、皇帝が直々に任命できる使職でもある。廃止された烏妃に代わって設けられたのが、この祀典使だった。冬官府の長官は冬官だが、祀典使はその下に属するわけではなく、毛色が異なる。

現在の祀典使と冬官は、どちらも少数民族の出らしいと聞くが、霊耀も月季も会ったことはない。

船は岸を離れ、黒い一行は遠くなる。霊耀と月季の意識は、すぐに川の景色に引き寄せられた。なにせふたりとも、京師をはじめて離れるのである。昂揚《こうよう》する気分はおなじであった。船が水を押し分ける音、水しぶき、魚の影に川鳥の群れ。すべてが新鮮だ。城壁に囲まれたなかで暮らしていると、川沿いに建ち並ぶ、城壁のない民家がひどく開放的に見える。防犯という点からは心許《こころもと》ないが。

「楊柳島がどういう島だか、知ってる?」

吹きつける風に鬢が乱れぬよう押さえながら、月季が言った。

「すこしなら」と、霊耀はうなずいた。

ふたつの川に挟まれた東西に細長い小島、それが楊柳島だ。風光明媚《ふうこうめいび》な一大歓楽地。知っているのはそれくらいだ。

「楊柳島ではね、昔からある一族が幅を利かせているの」

月季はうっすらと笑う。

「鼓方《こほう》氏。昔々、沙文《しゃもん》という遠い異国から渡ってきた一族なのですって。彼らはすぐれた造船技術を持っていた。恵まれた水運を活《い》かして島が発展したのは彼らのおかげ。いまじゃ島は行楽地としても有名で、京師からの客人も多いそうよ」

「ああ、なるほど……」

霊耀は船上を眺める。乗船客が多い。すべて楊柳島へ行く客ではないだろうが。

「どちらかというと、男の遊び場ね。朝、京師を発《た》てば夜には島に着いて、花街で遊ぶのにちょうどいいでしょう。国内を往来する商人や、海商もよく来島するみたい」

「へえ」

月季はにこりと笑う。「あなたには釘《くぎ》を刺す必要もないでしょうけれど、はめを外さないようにしてちょうだいね。わたしが封家の皆様に叱られてしまうから」

霊耀は顔をしかめた。「誰に言ってる」

「だから、一応よ。念のため。万が一ってことがあるでしょう」

「ない」

月季は声をあげて笑った。水しぶきがはじけて陽に輝くような笑顔だった。

「ええと……それで、どこまで話したかしら。そう、島は歓楽街で……その元締めがさっきも言った鼓方氏。依頼主も鼓方氏の一族なのよ。本家からは独立して、旅館をやっているひとなのだけれど。古い一族によくあることだけれど、分家が多くて、なにかと揉《も》めているそうよ」

「分家か。——依頼主に取り憑《と》いた幽鬼というのは、親戚《しんせき》の女らしいという話じゃなかったか？　分家の女か」

「よく覚えているのね」月季はうなずいた。「ご明察。そのとおり、分家の娘らしいのね。ただ、依頼主は彼女には数えるほどしか会ったことがなくて、会ったといってもほんとうに顔を合わせた程度だと」

「それが事実とは限るまい」

月季は黙って微笑した。

「あとは、島に着いて依頼主と会ってからの話ね」

霊耀はその依頼主に会ってもいないし、直接話を聞いてもいないので、着いたさきでなにが起こるのか見当もつかなかった。

いや、会っていたところで、このさき起こった一連の悲劇を、予見できはしなかっただろう。

第二章

楊柳島の幽鬼

陽が山の端にかかったころ、楊柳島が見えてきた。残照に浮かびあがるのは、いくつもの高楼だ。陽が沈むにつれてあたりには薄藍《うすあい》の翳《かげ》が落ち、それに呼応するように、ぽつりと高楼に明かりが灯《とも》った。軒先に吊《つる》された提灯《ちょうちん》が、ひとつ、またひとつと、灯ってゆく。薄藍から濃紺へと、暗くなるごと明かりは増え、陽が沈みきるころには、菫色《すみれいろ》の空の下、赤い提灯が煌々《こうこう》と輝く島の姿があった。

夜行が禁じられている京師であれば、門という門が閉まり、にぎやかさの消えるときである。いや、そんな京師の城内にも、にぎやかな一角はあった。花街だ。つまりこの島まるごと、花街のようなものなのだろう。島に城壁はないようだ。城門もない。対岸と島とを隔てる川がその役割を果たしているのか。

港に着いて船を降りると、霊耀と月季は『清芳楼《せいほうろう》』と書かれた提灯を提げた初老の男に声をかけられた。

「菫師公でございますか」

『師公』は高位の巫術師に対する敬称である。

「お迎えに参りました。主《あるじ》が待ちわびておりますので、ご案内いたします」

依頼主は旅館『清芳楼』の主人で、この男はそこの使用人だという。霊耀は月季とともに男のあとについていった。港は宵でも昼間であるかのような活気に満ちている。そこここに提灯を手にした出迎えの者、客引きの者たちがいて騒がしい。すでに酔っ払いがくだを巻いて、明かりの届かぬ地べたに寝そべっていた。

港から街へは石畳の敷かれた坂道で、両脇に料理屋や酒屋がひしめきあっている。軒先にやはり提灯が吊されているので、通りはまぶしいほどに明るい。通りのさきに見えるひときわ大きく立派な高楼は、市楼《しろう》であろう。『清芳楼』の使いはその門をくぐり、さらに通りの奥へと進んだ。奥へ向かうほど土地が高くなり、建物も豪壮になる。使いの男はそうした建物のひとつ、『清芳楼』の額が掲げられた高楼へと霊耀と月季を招き入れた。ずらりと吊された提灯のほか、『酒』と書かれた青い幟《のぼり》もある。入ってすぐは食堂で、幟のとおり酒も出されているようだが、たちの悪い酔客はいない。客筋はいいらしい。渡り廊下を歩いて主人の住まいらしき棟に入ると、なかは妙にひんやりとしていた。湿地でもないのに、湿っぽいにおいもする。霊耀はけげんに思って月季を見ると、彼女は軽くうなずいた。

——いるのだ。

幽鬼が。

港からここまでの、浮ついた華やかな雰囲気にいくらか呑《の》まれていた霊耀は、気を引き締めた。

使いの男に通された一室には、三十代くらいの男が座っていた。押し出しのいい若《わか》旦那《だんな》といった風貌《ふうぼう》なのだが、顔は青ざめ、精彩を欠いている。彼が依頼主である『清芳楼』の主人、鼓方洪《こう》だった。

しかし霊耀の注意は彼にではなく、その後方に向いている。洪の斜め後ろ、部屋の隅に、女が佇《たたず》んでいた。部屋の隅は燭台《しょくだい》や灯籠《とうろう》の明かりも届かず暗いのに、女の風体は光をあてたように浮かびあがって見える。結いあげた高髻《こうけい》に、上等そうな織りの襦《じゅ》裙《くん》。全身ぐっしょりと濡《ぬ》れており、藻にまみれている。うつむいた顔には影が落ち、表情は判然としない。

霊耀は無意識のうちに腕をさすっていた。室内に入ったときから、肌を刺すような冷気があった。その源はあの女であろう。

「近づいているのです」

あいさつもそこそこに、鼓方洪は震える声で言った。

「おわかりになるでしょう。そこにいます。うしろに。以前はもっと遠かった」

洪は視線を前方の床に固定し、けっしてふり向くまいとしているかのようだった。

固く握りしめた両手が震えている。

「……彼女が分家のお嬢さんというのは、やはり間違いありませんか」

月季は静かに尋ねた。しかし洪を落ち着かせるには至らず、「そうです！」と彼は叫んで頭を抱えた。

「東鼓《とうこ》家の末の娘、寄娘《きじょう》です。東鼓家の者に確認してもらいましたから、間違いありません。数日前に船から落ちて、溺《おぼ》れ死んだんです。どうして――どうして私のところに」

月季は幽鬼のほうへ向き直ると、ゆっくりと近づいた。二、三歩手前で立ち止まり、幽鬼の顔をじっと見据える。

「東鼓寄娘」

月季の凜《りん》とした、澄んだ声が響く。幽鬼は身じろぎもしない。月季は再度、おなじように呼びかけたが、幽鬼の反応はなかった。月季は表情を変えることなくもとの場所へ戻ってくるが、霊耀は眉《まゆ》をひそめた。

――姓名がわかっているにもかかわらず、幽鬼が呼びかけに応《こた》えない。

巫術師《ふじゅつし》が幽鬼を祓《はら》おうというとき、いちばん厄介なのはどこの誰だかわからないときだ。姓名がわかれば呼びかけることもできるし、祓除《ばつじょ》の儀式を行うこともできる。

月季は霊耀の表情を見て、軽くうなずいた。「あのとおり、呼びかけに応えないの。

だから、実は別人なのかも、と思ったのだけど」

やはり正体に間違いはないというなら、ほかに呼びかけに応えぬ理由があるということだ。よほど執着する事柄があるとか、恨みがあるとか。

だが——と霊耀は幽鬼を眺める。彼女の佇まいからは、恨みの念を感じない。恨みを吞んで死んだ者の禍々《まがまが》しさは、あんなものではないはずだ。それこそ、先日出くわした女の幽鬼のように。

「あなたのもとへ現れる理由を調べましょう。まずはそこからです」

月季は淡々と告げ、洪へ護符をさしだした。

「以前にもお渡しした護符です。そう害のない幽鬼に思えますが、念のため、予備に持っていてください」

「……ありがとうございます」

洪は護符を押しいただくようにして掲げ、ふところにしまった。

明日から調べをはじめることにして、霊耀と月季は寝泊まりする部屋へと案内される。さきほどの使用人が、ふたたびふたりのさきに立った。どうやら旅館の一等いい部屋を使わせてくれるらしい。高楼の最上階へと導かれた。その階の一室へと通される。

広々とした一室が、衝立《ついたて》や帳《とばり》でいくつかに区切られていた。透かし彫りや螺鈿《らでん》の美しい衝立、帳は薄絹もあれば、金襴緞子《きんらんどんす》もある。卓や寝台は紫檀《したん》で作られており、日々丁寧に拭《ふ》いているのだろう、上品なつやを帯びている。銅製の華奢《きゃしゃ》な香炉からは細い煙がたなびき、芳香が漂っていた。卓上には薄紅色をした一重の薔薇《ばら》も生けてある。

「こちらは眺めもようございますので――」と開けられた格子窓からは、提灯の明かりが灯る花街を一望できた。

「お弟子さんにはこちらをお使いいただければ」

帳で区切られた、寝台くらいしかない狭いひと間を見せて使用人が言った。自分に言われているのだと、ひと呼吸置いてから霊耀は気づいた。霊耀は祀学堂の制服姿で、これは言わば巫術師見習いの服であるので、そう思われたのも無理はない。

「彼は弟子じゃないわ」

月季がにこりと笑う。「許婚《いいなずけ》よ」

「へっ、許婚――」使用人はぽかんとする。

説明が面倒だから、弟子ということにしておけばいいのに、と霊耀は思う。案の定、使用人は困った顔をしていた。

「はあ、そうしますと、お部屋はどういたしましょう。べつのお部屋を――ああ、でもほかに空いている部屋があったかどうか」

「部屋はここだけでじゅうぶんよ。遊びに来ているわけじゃなし、おかまいなく」

「さようでございますか」

使用人は安堵《あんど》と不安が入り混じった顔をしたものの、「そうしましたら……」と立ち去っていった。

「面倒だから、弟子とでもしておけばいいだろう。あるいは助手だとか」

言って、霊耀は荷物を寝台の上に置く。側仕えの使用人向けのものなのだろう、主人用の寝台とは違って飾り気がない。しかしいい部屋だけに粗末でもなかった。本来なら別室が望ましいが、無理は言えないし、これだけ広い部屋で、衝立や帳で区切られてもいるから、もはや別室と考えていいだろう。そう自分を納得させた。

「嘘をつくほうがあとあと面倒よ。わたしはともかく、あなたには向いてないと思うわ」

「腹芸ができぬと？」

「そうは思ってないけど、じゃあ、あなた、わたしに『師匠』だの『先生』だの言って弟子のふるまいができるの？」

「……………」できると断言はしがたいものがある。

「ほら、ごらんなさい。ね、正直に言っておいてよかったでしょう」

得意げに言われると癪《しゃく》に障る。黙っている霊耀にかまわず、月季は「なんだかお腹が空《す》いてきたわ。食堂は夜遅くまでやっているのよね。それとも浴場のほうに行こうかしら。浴場って、どんなふうかしらね」などとしゃべっている。『清芳楼』は大きな共同浴場があるのが売りのひとつらしい。

「遊びに来たわけじゃないと、おまえがさっき言っていたんだぞ。明日に備えてさっさと寝ろ」

「ああ、あなたはあちらの寝台を使えばいいわ。体の大きさからいって、それが妥当でしょう」

月季は主人用の寝台を指さす。

「俺はこちらでいい。同行者に過ぎないんだから」

「変なところにこだわるんだから。そちらじゃ窮屈でまともに寝られないでしょう。ちゃんと寝て、元気でいてくれないと困るわ。遊びじゃないんですからね」

ぽんぽんと、実によく舌がまわる。霊耀は口達者なほうではないので、返す言葉がすぐには出てこない。

「はい、じゃあ決まりね。あちらへ行って」

月季は寝台から霊耀の荷物をのけると、腰をおろした。なんだかんだで霊耀は、月季にいつも押し切られている気がする。

月季が革袋からとりだした錦《にしき》の布包みを枕元に置くと、肩にのっていた烏衣がそこへ飛び移り、羽繕いをはじめる。どうやら烏衣の寝床らしい。

「その燕《つばめ》、餌はやらなくていいのか？」

船中でなにか食べさせていた覚えがないので訊《き》くと、

「ときどき、どこかへ飛んでゆくでしょう。虫をとりに行っているのよ。水は用意するけど」

と言い、器に水差しから水をそそいで、寝台脇の小几《こづくえ》に置く。次いで月季は「蓮《はす》の実、食べる？」と漆塗りの合子の蓋《ふた》をとり、霊耀にさしだした。なかには薄黄色の丸い実が入っている。船でももらったものだ。しかしいまの流れでさしだされると、餌を与えられているような気になった。それでもひとつつまんで口に入れると、まわりをくるむ糖は甘く、蓮の実はほっくりとして、ついついもうひとつと手が出る。これは月季の祖母が作って持たせたもので、昔から霊耀の好物でもあった。

「持ってきてよかったわ」

黙々と食べる霊耀を、月季はにこやかな顔で眺めている。

「いまね、お祖母《ばあ》様にこれの作りかたを教わっているのよ。そのうち、あなたに出せるものを作れるようになるわ」

「へえ」

月季は器用で、やればなんでもできてしまう。菓子でも、すぐに上手に作れるようになるのだろう。

「うれしい？」

「俺が？　なぜ」

「わたしが嫁いだら、いつでも食べられるようになるでしょう」

「そうか」

上の空で応《こた》える。考えてみれば、月季は嫁いでもおかしくない年齢である。しかし婚儀の時期については、まだはっきりと決まっていない。そのうち両家の当主が話し合って決めるのだろう、と霊耀は他人事《ひとごと》のように捉《とら》えている。

唐突に、月季は合子の蓋を閉めて、袋のなかにしまい込んだ。

「もうあげない」

「え？」

見れば、不機嫌そうな顔でそっぽを向いている。無意識のうちに食べ過ぎてしまったたろうか、と霊耀は己の手を見つめた。

「悪い。俺ばかり食べ過ぎたか？」

そう言うと、月季はあきれたように霊耀を見た。

「あなたってひとは……」

「なんだ」

「困ったひとね」

なんだそれは——と思ったが、口にするよりさきに、

「着替えるから、出てってちょうだい」

と、帳《とばり》の外に追い出された。言い返そうとふり返るも、薄絹の帳はうっすらと姿が透けて見えたので、霊耀はあわてて衝立《ついたて》を一枚、そこに移動させなくてはならなかった。

——月季の言動は、ときどき意味がわからない。

はたして明日からちゃんと意思の疎通がはかれるのだろうか、と霊耀は一抹の不安を胸に、螺鈿《らでん》の衝立を眺めた。

はじめての船旅で疲れていたのか、その晩はぐっすりと眠った。翌朝、霊耀が起きると、月季はすでに身支度をすませているようだった。『清芳楼』の使用人が水を運んできたので、急いでうがいをして顔を洗う。

「お支度、手伝いましょうか？」

衝立の向こうから声がして、「いらん」と言下に断った。言ってから、「いや、すまん。起きるのが遅れた」とばつの悪い思いでつけ加えた。

「あら」笑みを含んだ声が聞こえる。「いいえ、じゅうぶんお早いわ。わたしが早く

に目が覚めてしまっただけ」

「あまり眠れなかったのか」

「そうでもないわ。よく眠れないのはいつものことだから」

霊耀は着替えの手をとめる。

「眠れないのは、体によくないだろう。董老公に頼んで、よい薬湯でも教えてもらえばいいだろうに」

月季の祖父は病弱だったとかで、体にいいものには詳しい。

「おやさしいのね」と月季は笑う。

「茶化すな。真面目に言っている」

「……そうね。ごめんなさい。どうもありがとう」

月季にしてはめずらしく、至極素直に返してきたので、霊耀はいささか驚いた。

「いや……」言葉に困り、着替えを急ぐことで誤魔化した。

身支度を整えて月季と顔を合わせると、彼女は寝不足など感じさせることのない、ふだんどおりの美しい顔をしていた。むしろ肩にのった烏衣のほうが、眠たげにつぶらな目をしばたたいている。

ふたりは食堂へ赴き、粥《かゆ》で朝食をすませることにする。昨夜と違って、朝の食堂は閑散として静かだ。粥は塩気がちょうどよく、炒《い》った松の実と蒸《む》し鶏《どり》が入っていた。

「これから東鼓家に向かうのか？」

「そうね。そのまえにまず、鼓方さんにあいさつだけしておきましょう」

食事を終えて鼓方洪のもとへ向かうと、彼は体調がすぐれないとのことで寝室にいた。寝台の上に起きあがった洪は、目の下に黒い隈《くま》を作り、やつれて見えた。霊耀はちらと部屋の隅に目を向ける。濡《ぬ》れた女の幽鬼が、いる。昨夜と変わらない。

「これから東鼓家へ向かいます」と告げる月季に、洪は弱々しくうなずいて、「道案内に、うちの者をおつけしましょう」と言った。

「東鼓家は、その名のとおり、島の東に屋敷があります。ここからそう遠くはありません。ほかに分家は北鼓《ほくこ》と鬼鼓《きこ》があります。一代で終わった分家も入れたらもっと多いのですが、いま現在までつづいている分家はそれだけです。鼓方の本家と分家は仲がいいとは言えませんが、私自身は、商売のこともあって、それぞれの分家と相応のつきあいをしております。東鼓家の主人は酒問屋でして、うちにも酒を卸してもらってます」

なるほど——とうなずきかけた月季が、つと視線をそらす。部屋の隅を見ている。あの幽鬼だ。つられて霊耀もそちらを見た。

幽鬼はうなだれたまま、片腕を持ちあげていた。濡れそぼった袖《そで》が腕に貼りつき、藻が模様のように絡みついている。水を含んで膨れた真っ白な手が、洪に向けられていた。ひとさし指で、洪をさしている。

長いあいだ、沈黙がつづいたように思えた。実際には、一瞬だったかもしれない。

「や……やめろ！　私はなにもしてない、私をさすな！」

洪が青ざめた顔で、狼狽《ろうばい》した声を張りあげた。

「鼓方さん、落ち着いて」

「なんで私を指さすんだ！　なんでここに、なんで私なんだ――」

月季の声も耳に入らぬ様子で、洪は頭を抱え、寝台に突っ伏した。

「消えてくれ。頼むから消えてくれ。消えてくれ……」

わめく洪の声に、使用人たちがばたばたと驚いた様子で入ってくる。霊耀は月季に促され、部屋の外へと出た。

「ずいぶん参ってるな」

「急ぎましょうか」

ふたりは道案内に使用人を借り出し、東鼓家へと向かった。

「どうして、幽鬼は鼓方洪を指さしたんだ？」

道すがら、霊耀は月季に問う。彼女もわからないようで、さあ、と首をかしげた。

「洪はなにか隠してるんじゃないか。あの幽鬼……東鼓寄娘とは数えるほどしか会ったことがない。それも顔を合わせた程度——と言っていたのだったな。しかし、さきほどは相応のつきあいをしていると言っていたぞ。それに東鼓家とは酒の取引がある。それなら、いますこしかかわりがあってもいいのではないか」

「でも、嫁入り前のお嬢さんなら、親戚《しんせき》だからといって親しくすることはないんじゃないかしら」

「それはそうだが。じゃあ、おまえは彼のもとにあの幽鬼が現れて、指さす理由をなんだと考えているんだ？」

「わからないわ。だって、彼女はなにも言わないんだもの」

だから、いまから調べに行くんじゃない——と言う。もっともである。

東鼓家の屋敷は島の東に位置していた。細長い島は西側に山が多く、東側は広く開拓されて、小高い丘から平地にかけて、花街を中心とした商業地となっている。西側も開拓の難しい峻厳《しゅんげん》な山々というわけではないのだが、古くから鼓方一族の祖廟《そびょう》があり、神聖な土地としてそのままになっているそうだ。おおよそそんな話を、案内役の使用人が語ってくれた。

東に向かうにつれて、土地はゆるやかに傾斜してゆく。島内は京師の城内のように居住区と商業区をわけてはおらず、住居や商家が雑多に混ざっていた。おなじ商売で固まっているということもない。市は開かれているが、そこ以外でも商売をしている。

地方はこんな様子なのか、と霊耀は驚く思いであたりを眺めていた。狭い島だから、細々とわけていては土地が足りない、ということなのかもしれない。

東鼓家は通りに面して大店《おおだな》を構えていた。青い幟《のぼり》は酒を扱う商いの印である。『大《だい》栄鼓酒肆《えいこしゅし》』と書いた大きな額がかかっていた。酒問屋であると同時に、店頭で売ってもいるらしいが、店は閉まっている。喪中だからだろうか。ふだんはおそらく賑《にぎ》わっているだろう店の前は閑散としていた。

案内役は店を回り込み、脇の路地を奥へ進んだ。灰色の土壁がずっと奥までつづいている。この壁の向こう側が東鼓家の屋敷らしい。しばらくすると屋敷の大門に辿《たど》り着き、客間に通されて待つ。現れたのは痩《や》せた男だった。面やつれし、髭《ひげ》にも髪にも白髪の目立つ風貌《ふうぼう》であったので、入ってきたときは老人かと思ったが、相対してみると違うとわかる。五十代くらいだろう。目が赤く充血している。死んだ寄娘の父親だろうと察しがついた。娘を喪《うしな》ったばかりの父親にあれこれ問わねばならないというのは、気のすすまぬ行為である。霊耀は落ち着かなかったが、月季は伏し目がちに淡々とお悔やみを述べて、まごつく様子もない。

「『清芳楼』の洪から話は聞いております。娘の幽鬼が彼のもとへ現れたそうで……」

東鼓氏はこんなときでも商売人らしい、人当たりのいい物腰をしていた。

「どうして彼のもとへ現れるのか、理由は私にもわかりません。洪と娘は、親戚ですので顔を合わせたことはありますが、それ以上のかかわりはありませんでしたから……。そろそろ嫁入りをと考えて、よい嫁ぎ先をあたっていたさなかでした」

東鼓氏はうなだれ、額を押さえた。「もっと早く嫁がせていればよかった。そうすれば――」

「そうすれば？」月季が尋ねる。

「いえ……」東鼓氏は力なくかぶりをふる。「花嫁姿を見ることができたのに、と。ただそれだけです。溺《おぼ》れ死んだ姿を見ることになるとは……」

「お嬢さんは船から落ちたそうですが、そもそもなぜ船に？」

「対岸の街に出かけるつもりだったのでは、と思いますが。そちらに気に入った玉肆《ぎょくし》があったようですから。いかんせん、この島で売られている釵《かんざし》や櫛《くし》のたぐいは、みやげ用か妓《ぎ》女《じょ》向けのものかで、娘の好みには合わなかったようで……」

――それがあだとなったわけだ。

船に乗らなければ、溺れ死ぬこともなかったであろうに。東鼓氏もそう思ったか、悔しげに顔をゆがめた。

「お嬢さんの幽鬼は、今朝、鼓方さんを指さしていました。それがどういう意味だか、おわかりに――」

月季の言葉の途中で、東鼓氏の顔色が変わった。あきらかに動揺している。

「指さして……」

「心当たりがおありですか」

「いや」東鼓氏は即座に否定した。だが声が震えている。「いや――それは、よくわかりません。ほんとうに……わかりません」

あきらかに、なにも知らないふうではない。しかし月季は「そうですか」とあっさり引き下がった。

「それでは、なにか思い出すことがあればお知らせくださいますか。『清芳楼』におりますので」

月季はそう言い、腰をあげた。いいのか？　と思ったが、月季が『よけいなことを言わないように』と言いたげな視線を寄越《よこ》したので、霊耀は黙っていた。

辞去のあいさつを述べて客間を出ると、帰るのかと思いきや、月季は待たせていた案内役に「お嬢さんの侍女に会いたいのだけど」と要求した。

案内役は「私にはどなたが侍女だったか、よくわかりませんが」と当惑している。

「じゃあ、厨《くりや》に案内してくれる？」

案内役は厨の場所もよく知らないようだったが、家の造りというのはどこも似通っている。おそらくこちらだろう、と東側の通路へと向かった。使用人の作業場がその辺にあるようだ。なにか煮炊きするにおいが漂ってきて、厨の場所が知れる。そこから出てきたひとりの女を月季は呼びとめた。婥《はしため》らしい中年の女である。女は巫術師《ふじゅつし》がめずらしいのか、月季の恰好《かっこう》をじろじろと眺めていた。

亡くなったお嬢さんの侍女を呼んでくれないか――と言うと、

「そのひとなら、馘首《くび》になって生家に戻されましたよ」

と言う。

「馘首に？」

「そりゃ、そうでしょう。おそばについていながら、みすみすお嬢様を死なせてしまったんですから。馘首ですんだのは旦那様《だんな》のご温情でございますよ」

「生家って、どちらかしら」

「この近くですよ。裏通りを南に行った突き当たり」

月季は案内役をふり返り、「わかる？」と尋ねる。「はあ、たぶん」と案内役はうなずいた。月季はさらに侍女の名を訊《き》いてから、もうここに用はないとばかりにきびすを返した。

「じゃあ、行きましょうか」

「その侍女のところにか」

「お嬢さんが亡くなったときのことを訊くには、側仕えの侍女がいちばんでしょう」

月季はきびきびと歩く。門の外に出ると、裏通りに向かい、南に折れて、さらに奥へと進んだ。狭い路地である。陽当たりと水はけが悪いのか、じめじめとして薄暗い。ぎっしりと小さな家屋が建ち並び、あちこちに紐《ひも》を渡して洗濯物が干してあった。その生乾きのいやなにおいまでする。

「ここだと思いますが……」

案内役が突き当たりの家を示す。ほかの家とおなじく、小さな家だった。細長い家のようで、奥行きはある。開けっぱなしになった戸口からなかへ入ると、薄暗い室内でひとりの若い娘が椅子に座って悄然《しょうぜん》としていた。

娘は月季たちを見ても、ぼんやりとして立ちあがる様子もない。

「東鼓家のお嬢さんの侍女だったというのは、あなた？」

月季が問いかけると、娘はぎくりとした顔になり、

「それが、なにか……？　あの、あたし、お嬢様にはほんとうに申し訳ないと……お許しください」

青ざめて泣きべそをかく。侍女といっても、名家の令嬢付きになるような行儀作法の行き届いた娘ではなく、連れ歩くに適したいくらか容姿のいい娘を東鼓家は、あるいは寄娘は選んだのだろう。

「わたしたちは、なにもあなたを責めに来たのではないのよ」

やさしげな声音で月季は言った。身をかがめて娘の顔を覗《のぞ》き込み、その肩を撫《な》でる。

「わたしは巫術師の菫。いえ、月季と呼んでくれればいいわ。お嬢さんの幽鬼を祓《はら》いに来たの」

「巫術師の……月季様。花の名前でございますね」

娘の言葉に、月季はにこりと笑う。それこそ花のように。『月季』は薔薇《ばら》の名だ。

「あの、お嬢様の幽鬼というのは……？」

馘首になったためか、彼女は寄娘が幽鬼となって現れていることを知らなかった。

「鼓方さん――『清芳楼』のご主人はわかる？　そのひとのところへね、お嬢さんの幽鬼が現れているの」

「『清芳楼』の旦那様は、よく覚えておりませんが、お嬢様のおうちのご親戚《しんせき》にあたるのでしょう？　鼓方様とおっしゃるからには」

「ええ、そう。覚えてないのね」

はあ、と娘はうなずく。嘘をついているようには見えない。

「お嬢様は、なんだってそんなひとのところへ……？」

「わたしもそれがわからないから、調べているの。どうしてかわかれば、お嬢さんは楽土へ渡れるかもしれないでしょう？　なにか心残りでもあるのかしら」

娘は首をかしげる。

「心残りというか……お嬢様はここしばらく、おかしなご様子でしたけれど」

初耳である。霊耀は思わず身を乗り出しそうになるが、月季が抑えた調子で重ねて問うた。

「おかしな様子というと？」

「ひどく怯《おび》えてらして……なにを怖がっていたのかは、わかりません。まったく落ち着きがなくなって、風の音も怖がるようなご様子で、しまいに島を離れるとおっしゃって——」

「島を離れる？」

「はい。この島にいるのが怖いから、しばらく外に出たいと。旦那様にも言わないでとおっしゃるので、言いませんでした。お嬢様は島外の玉肆に行くということにして、船にお乗りになったのです。どうしてしまったのかしら、と思っておりましたけれど、あたしは侍女ですから、反対することもできませんし、ただ付き従って船に乗ったんです」

そしたら、と娘は顔をくしゃりとゆがめた。

「お嬢様、船から川を眺めて、なにかに気を取られたご様子でした。『あっ』とおっしゃって。もう、そのつぎのときには、お嬢様の体は船から落ちていたんです。ほんとうです。衣をつかむ暇もなかったんです」

娘は必死の形相で言いつのる。

「あたしだって、あわてて船から身を乗りだして、川を覗き込みました。でも、なにか——大きな魚のような黒い影が、お嬢様を川のなかへと引きずり込んでいったんです。ほんとうです。でも、でまかせを言うなって……あたしがお嬢様をちゃんと見ていなかったせいでこんなことになったのに、責めを逃れようとそんなことを言うんだろうって……」

わっと娘は顔を覆った。

「そりゃあ、お嬢様はお気の毒だって思います。でも、あたしのせいじゃない……あたしのせいで死んだんじゃないのに、ひどいわ。すぐに働き口を見つけなくっちゃ、あたし、身売りでもしなくちゃいけない」

「黒い影が、お嬢さんを引きずり込んだのね？」

月季は静かに確認した。娘は洟《はな》をぐすぐすさせて、何度もうなずく。

「なにかに怯えていたお嬢さんは、それから逃れようと船に乗って、島の外へ行こうとした。その途中で、船から落ちて、黒い影に引きずり込まれて死んでしまった」

ぶつぶつと月季はつぶやく。

「——なにに怯えていたのかしら」

月季は娘の肩に手を置き、

「お嬢さんが怯えはじめる前に、なにか変わったことはあった？」

と、なだめるようにやさしい声で訊いた。

娘は両手を顔から離し、思い出すように宙を見つめる。涙と鼻水で顔はぐっしょりと濡《ぬ》れていた。

「変わったこと、といったら……湖の色が変わったくらいで」

「え？　湖？」

「西のはずれのほうに、湖があるんです、青湖《せいこ》という。澄んだきれいな青い湖なので……。鼓方一族の祖廟《そびょう》がその近くにあって。嵐のあった翌日だったかに、湖の色が変わってるって噂になって――黒く変色したって。あたしは見たわけじゃありませんけど、そういえば、お嬢様が怯えだしたのは、ちょうどそのころでした」

「噂を聞いたあと？　前？」

「ええと……たぶん、あとだったと思います。なんでも、何十年だかに一度、ひどい嵐のあとにそんなふうになるんだって、そんな話を店のお客さんから聞いたひとが、使用人のなかにいたんです。それを耳にして、お嬢様、そんな噂話はやめなさいって叱りつけて――ああ、そうです。それからです。ひどく難しいお顔をなさって、怯えるようになったんです」

月季は深くうなずいた。

「そうなのね。思い出してくれて、どうもありがとう。助かったわ」

「あたし、お役に立てましたか」いくらかほっとした顔で娘は言った。

「その湖は、いまも変色しているの？」

「いいえ、すぐにもとに戻ったと聞きました。変色していたのは一日かそこらだったそうで」

月季は再度うなずき、ありがとう、と言った。

湖の変色――それがなぜ、東鼓寄娘を怯えさせたのだろう。霊耀にはよくわからない。月季にはわかっているのだろうか。

侍女の家を出ると、霊耀は訊いてみた。

「湖の色が変わったことと、寄娘の死と、どう関係があるんだ？」

「わからないわよ」

あっさりと月季は言った。

「でも、気になるでしょう、その湖。それがなぜ彼女を怯えさせたのか。――行ってみましょう。青湖まで」

青湖までは舟を使ったほうが早いと案内役が言うので、調達してもらった。五、六人が乗れる程度の小舟である。本来は花街の景観を楽しむために舟を使う客が多いそうで、これといって目玉もない西側へ行こうという者はめずらしいという。

「湖は目玉にならないのか？」

霊耀が船頭に訊《き》くと、

「ありゃあ、鼓方一族のもんだからね。あの辺までほかのもんは行けねえんですよ。間違って入り込みでもすりゃあ、鬼鼓にこっぴどく怒られちまう」

「鬼鼓……それも鼓方の分家だったか」

「分家といっても、毛色はずいぶん違ってますわな。あそこの家は廟守《びょうもり》でね」

「鼓方家の祖廟の？」

「そうそう。湖は祖廟の近くにあって、だからそっちも鬼鼓が守ってんだな。あんたさんらも、あの辺に行きたいってんなら、鬼鼓をまず訪ねるのをおすすめしますぜ」

そのすすめに従い、舟を鬼鼓の家があるという島の西南の岸につけてもらった。砂利の岸に押しあげられた舟を降りると、案内役と船頭は舟に残して、霊耀と月季は鬼鼓の家に向かった。

木賊《とくさ》が生い茂る岸辺を抜け、坂道を歩いてゆくと、木々の合間にあばら家が見えてくる。東鼓家の屋敷とは比べものにならないどころか、これならば侍女の生家のほうが立派に思える。そんな納屋とも小屋ともつかない粗末な家が、鬼鼓の家なのだった。船頭の説明で聞いてはいたが、霊耀はさすがに啞然《あぜん》としてしまった。どうしておなじ鼓方一族で、こうも違うのだろう。

霊耀が呆然《ぼうぜん》とあばら家を眺めているあいだに、月季は「ごめんください」と声をかけていた。

「鼓方洪殿から幽鬼を祓《はら》うよう頼まれた巫術師《ふじゅつし》です。湖を拝見したいのですが」

出入り口に戸の代わりに垂らされた筵《むしろ》が揺れて、なかから背の高い男がひとり、顔を覗《のぞ》かせた。二十歳前後の青年だ。疑わしげな目を月季と霊耀に向ける。土埃《つちぼこり》に汚れているが、きれいな顔をしていた。

「……なんで幽鬼を祓うのに、湖を見る必要がある」

警戒心を剝《む》き出しにした声音で言い、青年は月季をにらんだ。

「幽鬼は東鼓氏のお嬢さんで、亡くなるすこし前からなにかに怯えていたというんです。そのころ、湖の色が黒く変わったと聞いたもので、関係があるかと」

「関係はない。湖の色は変わっていない。帰れ」

ぴしゃりと言って、青年は筵の奥に引っ込んだ。

「色は変わってない？　ほんとうに？　でも、嵐のあとに――」

月季が言いつのり、筵の奥を覗き込もうとしたとき、霊耀はとっさに彼女の腕をつかんでうしろへと引っ張った。ひゅっと音がして、なにか飛んでくる。反射的に体が動き、それを片腕で払い落としていた。地面に落ちたものを見れば、薪《まき》である。青年が投げつけたのだ。

——頭にでも当たっていたら、大怪我をするところだった。

「なにをする、危ないだろう！」

霊耀が怒鳴ると、

「つぎは鉈《なた》を投げるぞ。よそ者はさっさと帰れ」

なかからはそう脅す声が返ってくる。

「なんだと」

平素は荒事を好まない霊耀だが、彼も血気盛んな若者である。頭に血がのぼり足を踏みだしかけたところを、月季にとめられた。

「もういいわ、霊耀。戻りましょう」

「おまえが退いてどうする。怪我をするところだったのはおまえだぞ。頭に当たったら下手をすれば死ぬし、顔だったら傷が残るような怪我をしたかもしれないんだぞ」

憤る霊耀を月季はまじまじと見つめて、

「それじゃあ、わたしのために怒ってくれているの？」

と言った。

「は？」と霊耀は固まる。「おまえのため——というか、べつに」

そこまで深く考えていない。ただ危ないと思っただけだ。

「どうもありがとう」

礼まで言われると、そういうわけではない、とは言い出しにくい。戸惑う霊耀の腕を引き、月季は「戻りましょう」と促した。霊耀は青年への怒りが雲散霧消してしまい、腕を引かれるまま、舟へと戻っていった。

「湖については、鼓方さんに訊いてみましょう。なにか知っているかもしれないわ」

そう月季が言うので、舟を花街の船着き場へと着けてもらい、『清芳楼』へと戻った。

「旦那《だんな》様でしたら、お出かけになりましたよ」

と、使用人のひとりが言う。

「あら、どちらに？」

「鼓方本家のほうへ……。お戻りは遅くなるやもしれません。そうおっしゃっておいでしたので」

具合が悪そうだったのに、大丈夫なのだろうか、と霊耀は思う。

洪がいなくてはしかたないので、ふたりは昼食を食べに出かけた。『清芳楼』の食堂でもよかったのだが、月季がさきほど通った路地にあった料理屋の肉饅頭《にくまんじゅう》がおいしそうだったと主張するので、そこで食べることにしたのである。

甘辛く煮た豚肉を混ぜて炒《いた》めたご飯に、脂ののった鴨肉と香草の羹《あつもの》、青菜の醤《ひしお》漬けに、蒸したての肉饅頭と、月季はつぎつぎに注文した。卓上には器がぎっしりと並び、食欲をそそるにおいと湯気が立ちのぼる。

「こんなに食えるのか？」

「あなたはこれくらい食べるでしょ？」

「まあ、そうだが」と霊耀は箸《はし》をとる。月季はさっそく肉饅頭にかぶりついていた。

「島だから魚料理ばかりかと思っていたけれど、肉も豊富にあるのね」

「水運が発達しているからだろう」

島内にはじゅうぶんな農耕地などないようではあるが、それならよそから仕入れたらいい。古くは鼓方氏が持ち込んだ造船や操船の技が、島をここまでにしたのだろう。

「鼓方一族か……あの鬼鼓というのは、謎だな」

思い出すとまた腹が立ってきて、霊耀は豚肉を混ぜたご飯を頰張った。

「鬼鼓だけじゃなくて、わからないことだらけよ。寄娘が怯《おび》えていた理由も、船から落ちた理由も、鼓方さんのもとに現れて指さす理由もわからない。なんなのかしらね。

――おいしいわよ、これ」

月季は肉饅頭の器を霊耀のほうに押し出し、すすめる。ひとつとって食べてみると、たしかにおいしかった。皮はもっちりとしてほんのり甘く、肉餡《あん》は濃いめに味付けた肉と脂の混じった汁をたっぷりと含んでいる。いい料理屋を見つけたものだ。

腹いっぱいになって店を出たあと、月季はべつの店で桃を買い、霊耀に手渡した。

霊耀は産毛のちくちくする桃を撫《な》でながら、「これからどうするんだ？」と訊いた。

月季はそれにすぐには答えず、

「あ、戻ってきたわ」

と上を向いた。なにかと思えば、頭上を鳥がすいと飛んで、近くの屋根の上にとまった。烏衣だ。そういえば姿を見なかったことに、いま気づいた。

「烏衣も昼飯だったのか」

つぶやくと、月季はふっと笑った。彼女はときおりよくわからないことで笑う。

「とりあえず、鼓方さんの帰りを待つわ。訊きたいことがいろいろあるし、今後についても相談したいし」

それに従い、霊耀は月季とともに『清芳楼』で洪を待つことにした。——しかし、夜になっても洪は帰ってこなかった。

お得意先に寄っているのかもしれませんね、と使用人はさして案ずるふうもなく言った。

「よくあるんですよ。花街ですので。所用で出かけて、その帰り道、馴染《なじ》みの酒楼の前を通れば、相手さんもなんのもてなしもせず帰すわけに参りませんので」

そういうものか、と思う。霊耀にはよくわからない。

「そうなりますと、お戻りになるのは朝になるでしょう」

霊耀は月季を見る。月季は思案しているようだったが、「それじゃあ、しかたないわね」と言った。

「無理に引っ張ってくるほどのことでもないし」

引っ張ってきたところで、すぐあの幽鬼を祓えるわけでもない。それに、あの幽鬼は襲いかかってくるわけでもないのだ。

それでその晩は食事をとり、浴場で湯につかると、そうそうに寝てしまうことにした。しかし妙に目が冴《さ》えて眠れない。あの幽鬼のことが気になっている。鼓方一族のことも。

――俺が考えたところで、しかたがない。

なにができるわけでもないのだから。祓うのは月季だ。それが胸の奥に鉛のようにつっかえている。

何度も寝返りを打って、ため息をついた。格子窓の向こうは薄明るい。提灯《ちょうちん》の明かりだった。

うとうとと眠りかけたときだった。眠りから醒《さ》めた原因がなにか、すぐにはわからなかった。ぼんやりと目をしばたたく。薄明かりのなか、かすかに衣擦《きぬず》れと声がした。ぎくりとしたが、すぐに月季の声だ、と胸を撫でおろす。月季がうなされているのだ。

いやな夢でも見ているのだろうか。よく眠れないと月季は言っていたが、夢見が悪いせいかもしれない。

霊耀はそのまま再度眠ろうと目を閉じた。が、鋭い悲鳴が響いて、はっと目を開けた。

「月季？」

寝台の上に起きあがり、声をかける。返ってくる声はない。うなされる声もしない。だが、荒い呼吸の音が聞こえていた。急病かと、霊耀はあわてて月季のもとへ向かう。衝立《ついたて》を回り込み、帳《とばり》を開いた。月季は起きていた。寝台から降りて、床にうずくまっている。

「おい、大丈夫か？」

霊耀は月季のそばに膝《ひざ》をつき、肩を揺すった。薄明かりにも、月季が青ざめた顔をしているのがわかる。額に汗がにじみ、ほどいた髪が張りついていた。

「怖い夢でも見たのか」

訊《き》いてから、なにを子供じみたことを訊いているんだ、と霊耀は思った。月季に怖いものがあるようにも思えなかった。

だが、月季はこっくりとうなずいた。まるで幼い子供のように。

「……化け物の夢を……」

「化け物？」

月季は口をつぐみ、それ以上なにも言わなかった。体が小刻みに震えている。よほど怖い夢だったらしい。

「とにかく――寝たほうがいい」

霊耀は月季に手を貸し、寝台に座らせる。「水を飲むか？」と訊くも、月季は無言でかぶりをふった。月季がなにも言わないので、霊耀も黙る。こういうときにかける言葉がわからない。対処に困り、視線をさまよわせた霊耀は、夜着から覗《のぞ》いた月季の裸足《はだし》に目がとまった。薄明かりに白い足が浮かびあがっているが、みみず腫《ば》れのような痕《あと》がいくつもあるように見えた。

「怪我をしていたのか？　いつのまに」

霊耀は、その傷をたしかめようとしゃがみ込んだ。その途端、はじかれたように月季は動いて、上掛けに体を潜り込ませた。猫が藪《やぶ》に飛び込むようなすばやさだった。

霊耀はあっけにとられる。

「怪我なら手当てをせねば」

「いらない」

うめくように月季は言った。

「最近の怪我じゃないから。昔の――子供のときのものだから、大丈夫。気にしないで。忘れて」

月季は霊耀に背を向けたまま、ふり返ろうとしない。霊耀は言葉が出なかった。月季の声が震えていたからだ。手はきつく上掛けを握りしめている。それ以上、問いかけることをあきらかに拒んでいた。

月季の言葉に従って放っておいたほうがいいのか逡巡《しゅんじゅん》していると、

「わっ」

羽音がして額になにかがぶつかった。次いで、くちばしで頭をつつかれる。烏衣だ。烏衣は霊耀の周囲を飛び回り、さかんにくちばしで攻撃してきた。月季から離れろということだろうか。烏なので夜目がきかないだろうに、必死につついてくる。

「わかった、わかったから、烏衣」

霊耀は烏衣が気の毒になって、月季のそばを離れて己の寝台に戻った。烏衣はここまで追ってはこない。やはり追い払うのが目的だったのだろう。

寝台に横になったものの、眠気はすっかり去ってしまった。

──子供のころ負った怪我……董家の養女になってからか、なる前か？

薄明かりの下でちらりと見ただけなので、どういったたぐいの怪我か、判然としない。火傷《やけど》の痕のようにも見えたが。当人は訊いてほしくなさそうだし、となれば董家の誰かに訊くのもためらわれる。よほどいやな思い出があるのか。このさき触れないのが賢明だろう。

——俺とて、触れてほしくない古傷のひとつやふたつ、ある。

忘れてほしいとまで言うのであれば、忘れたふりをしよう。

そう決めて、霊耀は目を閉じた。今夜はもう眠れないかと思ったが、いつのまにか、眠りに落ちていた。


翌朝、目覚めた霊耀は身支度を整えて、月季のほうをうかがう。帳が開き、衝立の向こうから月季が顔を覗かせた。

「おはよう。支度はすんだ？」

「ああ……」

月季はいつもと変わらぬ清々《すがすが》しく美しい顔をしている。昨夜の姿など夢だったかのように思えるほど。

「じゃあ、食堂に行きましょうか。そのあと鼓方さんが帰ってきてるか訊きましょう。でも、帰ってきていたとしても、眠っているところでしょうね」

「だろうな」

霊耀も素知らぬ顔で調子を合わせる。——だが。

「あの怪我はね、董家に引き取られる前、生家で継母から受けたものなのよ。古い傷よ」

　食堂で粥《かゆ》を食べながら、月季のほうから切りだしたので、霊耀は戸惑った。

「言っておかないと、董家にあらぬ疑いをもたれても困ると思って。それに、傷痕はほかにもあるし、いざ嫁いでから知ったんじゃあ、驚くでしょう。だから言っておくわ。腕や背中にもあるの。まあ気にしないでね、昔の傷だから」

　月季はなんでもないような口調で、淡々と説明した。

「そうか。わかった」

　としか、霊耀は言いようがない。月季は微笑を浮かべて目を伏せた。

「気にしないで、と言うのは卑怯《ひきょう》よね。あなたの心のなかまで、わたしの好きにはできないのに」

「いや――」

　霊耀は言葉に困る。「べつに、卑怯とは思わない。その……言ってくれて、ありがとう」

　月季は目をあげた。不思議そうな表情をしている。

「言いにくいことは誰しもあるだろう。俺にもある。その点、おまえは……なんというか、公明正大だと思う」

　言葉をさがしつつそう言うと、月季は噴き出した。

「ずいぶん、過分な評価をしてくれるのね」

一生懸命に言葉をさがした霊耀は、ムッとした。

「真面目に言ってるんだぞ」

「わかってるわ。あなたが真面目でないときなんて、ないじゃない。あなたって、やっぱりやさしいひとね」

からかわれているようにしか聞こえない。不機嫌に押し黙っていると、「ほんとうよ」と月季は懸命な調子で言葉を重ねた。

「ほんとうにそう思っているのよ。あなたは、わたしにはもったいないくらい立派なひとだもの」

霊耀は眉《まゆ》をひそめる。

「逆じゃないか。なんでも持っているのはおまえのほうなのに」

「なんでも持っているからといって、立派なわけじゃないでしょう。あなた、わたしの人格がすばらしいと思う？」

「それは……」

口ごもると、月季は声をあげて笑った。陽がさすような笑い声だった。

「そこは嘘でもすばらしいと言って。——冗談よ。わたしはあなたをすばらしいひとだと思っているし、立派だと思っているわ」

それは冗談ではなく、しみじみと胸にしみ入るような調子の声音だったので、霊耀も素直に受けとれた。気恥ずかしさを覚えて、霊耀は黙って粥をすすった。

食事を終えて、霊耀は月季とともに洪の居住する棟へと向かう。渡り廊下を進むと、使用人たちがばたばたとあわてた様子で行き交っていた。

「なにかあったのかしら」

月季はつぶやく。霊耀は使用人のひとりを捕まえ、洪は帰っているかを尋ねた。使用人は青い顔をして、かぶりをふった。

「帰ってないのか？」

「それが――」

使用人は言葉につまり、ぶるりと震えた。その様子に霊耀はいやな予感がした。月季もおなじだったようで、「鼓方さんになにかあったの？」と静かに尋ねる。

「み、湖で……青湖で見つかった、と、知らせが」

上擦った声で使用人は言った。

「見つかった……」霊耀は復唱する。

「鬼鼓の者が浮かんでいる旦那《だんな》様を見つけたそうで。それで鼓方家に知らせたところ、ご当主が旦那様だと確認したと。酔って溺《おぼ》れてしまったのだろうと……」

霊耀も月季も沈黙する。――酔って溺れた。溺れ死んだのだ。

「旦那様の亡骸《なきがら》は、県の刑吏《けいり》が検《あらた》めたあと、こちらへ戻されるそうです。それでいま、その準備に追われているのです。葬儀のこともありますし……それは鼓方家のほうで取り仕切るのでしょうけれど……この『清芳楼』がどうなるのか、わたしどもはどうなるのか、もうさっぱりわからず」

使用人は動揺しきりで、霊耀たちに言ったところで詮《せん》ないことまで吐露する。

「鼓方本家のどなたかが、引き継ぐことになるのかしら」

月季は渡り廊下から高楼のほうをふり返って言う。

「はあ、そうなるのではないかという噂です。旦那様は本家の三男坊でいらっしゃいましたから、お父上であるご当主か、兄君か……ともかく鼓方家のかたがいらっしゃるのでしょう」

ちゃんとした人物が経営を引き継ぐのならいいのだが、という不安が使用人の顔に出ていた。奥から呼ばう声がして、使用人は霊耀と月季に一礼すると、走り去っていった。

「鼓方洪が亡くなった――」

霊耀は吐息を洩《も》らすように言った。まるで実感がない。亡骸を見ていないせいか。

月季は隣で使用人の顔色が移ったかのような青ざめた顔をしていた。

「おい、大丈夫か」

肩を揺すると、そこにとまっていた烏衣が驚いたように飛び立つ。烏衣は霊耀のまわりをぱたぱたと飛び、抗議している。霊耀は手をふって烏衣をそばから追いやると、月季のほうに向き直った。

「おい――」

「大丈夫」

まるで大丈夫ではない声で月季は答えた。声から力が抜けている。

「ここにいてもしかたない。一度部屋へ戻るぞ」

月季の肩をつかんで促すも、彼女は力なくふらついただけだった。霊耀は月季の腕をつかむと、引きずるようにして部屋に戻った。

部屋の椅子に月季を座らせ、水差しから注いだ水を卓上に置く。

「大――」

大丈夫か、とはさきほど訊《き》いたか、と霊耀は口を閉じる。月季は青い顔をしたまま、唇を引き結んでいる。しばらくして、ようやく口を開いた。

「甘く見ていた」

ぽつりとそう言った声はかすれていた。

「寄娘の幽鬼は凶暴さがない。だから切羽詰まった危機はないと思ってた。わたしの判断が間違ってた。わたしのせいだ……」

月季は身を震わせ、うなだれた。霊耀は言葉が出てこない。これほど打ちひしがれた月季を見たことがなかったからだ。巫術師《ふじゅつし》としての月季はいつも余裕綽々《よゆうしゃくしゃく》で、あわてることも困ることもなかった。それが。

いまや月季は両手で頭を抱え、なすすべもなく打ちのめされていた。

「――いや、待て」

霊耀はうろたえていたが、これではいかんと気を建て直す。

「東鼓寄娘の幽鬼が鼓方洪を取り殺したと、決まったわけじゃないだろう。酔って溺れたとなると、たとえば幽鬼への恐れを酒で誤魔化そうとして、誤って湖に転落したのやもしれん。はっきり幽鬼のしわざとわかっていないのに、そう決めつけては東鼓寄娘も浮かばれぬ」

霊耀は言いつのった。幽鬼のしわざではないと自分でも思っているのかどうかわからなかったが、ともかく月季のためになにか言わねばならないと思った。

「幽鬼のしわざとわかっていない……」

月季は小さく霊耀の言葉をくり返す。「そうだ」と霊耀はうなずいた。

月季は顔をあげる。

「それは、たしかにそうね」

その目には理知的な光が戻っていた。青白い顔色はそのままだが、思考するだけの力は戻ってきたようだ。

「嘆いている場合ではない。なにがあったのか、知るべきだろう」

霊耀とて、責任を感じないわけではない。依頼主に死なれたのだ。鼓方洪は、あんなに怯《おび》えて、助けを求めてきていたのに。結局なにもできなかった。もっと必死になっていれば、助けられたのではないのか。なにに必死になればよかったのか、それさえいまだわからない状況だが――。

「鼓方洪のためにも、東鼓寄娘のためにも、いま一度、よく調べてみよう。もう依頼主はいないが……」

月季は霊耀を見あげ、うなずいた。

「ふたりの魂を、せめて楽土へ無事に送ってやりたい。調べましょう」

そう言って、月季は立ちあがった。

まずは東鼓家へもう一度、話を訊きに行こう、と話し合ってふたりは屋敷へ向かったが、その門前で荷物を抱えた大勢の使用人と出くわすことになった。

「旦那様たちは、昨日のうちに島を出られたんですよ」という。霊耀と月季はあっけにとられた。

「お嬢様が亡くなられたときから、そのお心づもりだったようで。わずかばかりの使用人だけつれて、お屋敷のお荷物もほとんどそのままに、出て行かれたんです。ここにあるお荷物はすべて私どもでわけてくれていいと――」

娘を亡くした心痛ゆえに、ということなのだろうか。しかし、こうも急いで。霊耀も月季も戸惑い、立ち尽くした。

当惑したまま『清芳楼』へ戻った霊耀たちのもとに、さらに思いもよらぬ話が飛び込んできた。

「北鼓家の門前に鼓方洪の幽鬼が現れた」――と。

第三章　神　罰

　北鼓家は島の北東にある。花街からは離れた川沿いに建つ屋敷で、船着き場のそばでもあった。船を何隻も持つ廻船《かいせん》問屋である。当主は五十代のふくよかな男で、平生であれば裕福さの象徴であろうふっくらとした頬が、いまは力なくたるんでだらしなく映る。顔色は悪かった。

「……ご覧になったろう。門のところに」

　弱々しい、嗄《しわが》れた声で当主の北鼓瀚《かん》は言った。

「鼓方洪殿が、いましたね」

　月季が淡々と答える。

　──洪がいた。門前に。

　それは霊耀も目の当たりにした事実だった。

　北鼓家から『洪の幽鬼を祓《はら》ってほしい』という依頼を携えた使いが月季のもとにやってきたのはついさきほどのことで、いまだ洪の亡骸《なきがら》も『清芳楼』に戻ってきていないときだった。

使いの案内で訪れた北鼓家の立派な門の前に、洪は佇《たたず》んでいた。ぐっしょりと濡《ぬ》れそぼった姿で。

肌は青白く膨れて、乱れた髻《もとどり》からほどけた髪がうなじや額に張りついていた。濡れた袍《ほう》からは水が滴りそうで、しかし地面はわずかにも濡れていなかった。うつむいた洪の表情はただ暗く、視線は一点を見て動かない。瞳《ひとみ》は淀《よど》んでいた。影のなかにいるかのように全身が薄暗い。

使いは震えながら洪を避けて門をくぐり、霊耀も息を殺してそばを通った。月季は唇を引き結んで、じっと洪を凝視していた。

瀚は言う。

「今朝がた、家の者があれに気づいた。董師公よ、どうか祓ってほしい」

このとおりだ、と瀚は額《ぬか》ずいた。

月季の顔には困惑の色が浮かんでいる。

「北鼓のご当主、なぜ鼓方殿はここへ現れたのか、お心当たりは」

「ない」上擦った声で、瀚はぴしゃりと言った。「あるわけがない」

「ご存じでしょうか。鼓方殿のもとには東鼓寄娘の幽鬼が現れていた。鼓方殿は死に、いまその幽鬼はあなたのお屋敷の前に現れた。これはいったい――」

「私にもわからん」瀚は月季の言葉を遮り、苛立《いらだ》った口調で言った。

「巫術師の貴殿にわからんものを、私なぞにわかるはずがない」

月季は口を閉じ、わずかに眉《まゆ》をひそめる。

「ともかく――祓っていただきたい」

瀚の態度は横柄にも思えた。だが、これは巫術師を下に見ての態度というより、幽鬼への恐れから来るものだろう、と霊耀は思う。恐ろしさへの苛立ちだ。月季もそうした態度には慣れているのか、宥《なだ》めることもせず、かといって怒ることもない。もとより動じることのすくない女ではあるが――。

「わたしは東鼓寄娘の幽鬼を祓えませんでした。それもご承知のうえで、わたしに依頼なさるのですか」

「貴殿に祓えねば、どのみち、どこの巫術師にも祓えまい」

瀚のたるんだ頰がひくついている。半分、あきらめているのだとわかった。

「祓えねば、またどなたか、亡くなるのですか」

月季が静かに問うと、瀚は呻《うめ》いた。膝《ひざ》を握りしめ、うなだれている。

「東鼓家が島を出られたのはご存じですか」

「知っておるわい」これには食い気味に答えて、瀚は舌打ちした。「東鼓め、逃げだしよった。裏切り者が」

「裏切り者？　島を離れたのは、お嬢さんを亡くされたつらさからではないのですか」

「そんなことは――ともかく、東鼓のことはどうでもいい。いま頼んでおるのは、うちの門前にいる幽鬼を祓ってくれということだ」

瀚はいらいらした様子でまくしたてた。口角から唾《つば》が飛ぶ。月季は、ふうとため息をついた。

「わかりました。祓除《ばつじょ》の儀式は行いましょう」

腰をあげて、外に出る。霊耀はそのあとを追った。

「どうするつもりだ？」

「いちおう、祓うつもりだけれど……」

月季の表情は曇っている。

「また、寄娘のときとおなじことになる気がするわ」

中庭に敷かれた磚石《せんせき》の上に、月季は袋からとりだした筆や護符用の麻紙《まし》を並べてゆく。ふと視線を感じて霊耀はふり返った。渡り廊下の柱の陰から、こちらをうかがう者がいる。ひとりではない。あちらこちらの物陰から見ている。ふり向くとさっと姿を隠したが、衣の裾《すそ》が見えた。おそらく男たちである。幽鬼を祓えるのかどうか、気になっているのだろうか。堂々と見に来ないところをみると、瀚にとめられているのか。視線から伝わってくるのは好奇心ではない、緊張と恐怖だった。彼らも恐れている。洪の幽鬼を。

月季は硯《すずり》で丁寧に墨をすり、その墨で麻紙に洪の名をしたためた。それを銀の盆に置き、燧石《ひうちいし》で火をつける。両手を顔の前に掲げて合わせ、そのあいだから息を吹きかけると、ふわりと黒い羽根が舞う。火とともに黒い羽根が麻紙を包み込む。麻紙はあっけなく燃えあがり、灰となった。——だが。

霊耀は門のほうに目を向ける。ここからでも門の向こうに佇む洪の姿は見えた。洪の姿はなんら変わりなく、ただそこにぼうと立っている。

巫術師《ふじゅつし》が幽鬼を祓おうというとき、その姓名がわかっていれば、紙に記して燃やせばいい。たいていの幽鬼はそれでその場を離れ、楽土へと渡る。これで祓えぬ幽鬼は執着が強いから——と言われるが、洪の幽鬼にも、寄娘の幽鬼にも、そんな執着の強さは見えない。憎い相手を取り殺さんとする激しさも、濃厚な恨みも感じない。ただそこにいる。それだけに思えた。

——だが、洪は死んだ。

そして、いまここにその幽鬼はいる。なぜだ？　寄娘の幽鬼が取り殺したのか。ならば洪の幽鬼はなぜここに現れるのか。

わからないことだらけだ。

「やはり消えないわね」

洪の幽鬼を見つめて、月季はため息をつく。

「調べがつきそうなことから、つぶしていくしかないかしら。さしあたっては、鼓方さんの死んだときの状況を詳しく知りたいわ」

洪は従者をつれてはいなかったので、彼になにがあって湖で溺《おぼ》れるに至ったか、その足どりを知っている者はいないらしい。

霊耀と月季はいったん『清芳楼』へ戻った。高楼の奥、洪の屋敷へ向かうと、彼の亡骸が刑吏の検死から戻され、棺《ひつぎ》のなかに寝かされていた。室内は煙たいほど香を焚《た》いており、烏衣がそれをいやがって月季の肩から飛んで逃げていった。ふたりは棺に近づくと、洪の死に顔をたしかめる。彼は苦悶《くもん》の表情を浮かべるでもなく、目と唇をうっすらと開いて、固まっていた。

「やはり溺死《できし》だそうです」

そばに控えていた使用人が言った。前に霊耀と月季を東鼓家へ案内してくれた使用人である。

「どうして旦那《だんな》様があの湖に向かったのか、どうして溺れなさったのか、そうしたことはわからぬようですが……酔っていたのなら誤って足をすべらせたのだろう、と」

「酔っていた、というのは誰が見たの？　一緒に酒を飲んでいた相手？」

「いいえ、本家のご当主が『どうせ酒に酔って溺れたのだろう、そういう商売だ』とおっしゃって」

「それだけ？」

「はあ、しかし昨夜、旦那様が酒楼にいたことは事実でして。『玉英楼《ぎょくえいろう》』という、馴《な》染《じ》みの酒楼に夜更けまでいらしたそうで」

「杜撰《ずさん》ね」月季はあきれている。「本家のご当主とやらにも、一度話が訊《き》きたいものだわ」

その必要はあるだろうな、と霊耀も思う。洪は鼓方本家を出てひとりで商売していたとはいえ息子なのだし、彼の死んだ湖は鼓方一族と関係がある。

月季は紙を切って作った鳥を洪の胸にのせる。死者の魂が迷いなく楽土へ向かうためのまじないである。月季は紙の上に手を重ねて、しばし洪の死に顔を見つめていた。

「酒楼での鼓方さんの様子を訊きに行きましょうか」

しばらくして月季はそう言い、さっと立ちあがった。きびきびと歩いて部屋を出る。出たところで立ち止まり、左右を眺めるので、「どうかしたか」と霊耀は問うた。

「寄娘の幽鬼の気配がしない」

その言葉に霊耀もはっとした。そういえば、洪が死んで頭から抜け落ちていたが、寄娘の幽鬼をたしかに今日は見ていない。

「消えたのか？」

楽土へ渡ったのか。洪を取り殺して？

月季はうつむき、考え込んでいる。だが、すぐに顔をあげてかぶりをふった。

「考え込んでいてもしかたないわね。動きましょう」

言うより早く、月季は歩きだしていた。


『玉英楼』は花街の西にある、大きな酒楼だった。何人もの妓女《ぎじょ》を抱えた酒楼で、宿屋も兼ねている。『清芳楼』とは商売敵にあたるのでは、と思いきや、そういうわけでもないらしい。

「『清芳楼』は客筋がお上品だもの。妓女を連れ込んだりはできないでしょ。ここはそういうところだから。商売の向きが違うのよ、商売敵になんかなりゃしないわ」

洪の馴染みだという妓女は、洟《はな》をすんとすすりながらそう言った。

「洪さんは静かに飲むのが好きなひとだったから、妓女をたくさん呼んでどんちゃん騒ぎなんてことはしないのよ。乱暴な真似もしないし、ここの旦那と知り合いだからって無茶なことも言わないし、いいひとだったのに」

妓女は目も鼻も赤くしている。まだ仕事前で、白粉《おしろい》を刷《は》いていない肌はかさつき、薄く青い血脈が透けて見えた。

「ほんとうに死んじゃったの？　ほんとうに？　信じられないわあ……昨夜もふつう

に飲んでいたのよ。ええ？　酔っ払うほどじゃないわ。あのひと、酒には強くて泥酔なんてしたためしがないもの。ほろ酔いくらいかしらね。帰るときも足どりはしっかりしていたわよ。それからどこに行ったかって？　さあ、酔い覚ましに風にあたるとは言っていたけど——青湖？　さあねえ、そんなとこに行くとは——」

手巾《しゅきん》で目尻《めじり》を拭《ぬぐ》っていた妓女は、つと手をとめた。

「ああ、そういえば、湖の祠《ほこら》がどうとか、そんなことを言っていたっけね。よくわからないわ。そう、よくわからないことを言っていたのよね、昨夜は。やっぱり、酔っ払ってたのかしら？　静かに飲むひとではあったけど、陰気というのとは違ってたのに、昨夜はねえ、なんだか暗かったわね。ときどき、扉のほうをうかがうのよ。怯《おび》えてるふうだったわね。借金取りでも来るの？　とからかった覚えがあるわ。洪さんに限って、そんなことあるはずないから言える冗談だったけど……」

なんだったのかしらねえ、と妓女は遠い目をして言った。

それ以上、妓女から訊ける話はなかったので、霊耀と月季は酒楼をあとにした。まだ昼前とあって、酒楼に客はなく妓女も多くは寝ぼけ眼で、楼内には気怠《けだる》い雰囲気が漂っていた。この酒楼だけでなく、花街一帯がそんなふうだ。白粉と酒のにおいだけが、あたりに残っている。閑散とした通りを歩き、「どちらへさきに行こうかしらね」と月季がつぶやく。

「どちら、とは」

「鼓方本家か、青湖か——つまりは鬼鼓よね」

鬼鼓の青年を思い出し、霊耀は眉《まゆ》をよせる。それを見た月季が、「本家のほうへさきに向かいましょうか」と笑った。

案内はなくとも、鼓方本家への行きかたはわかる。高台に立つ豪壮な屋敷が、ここからでも見えるからだ。

花街の門を抜け、商家や民家が混在する町並みを通り、坂道を歩いてゆくと、濃い緑の木々にいったん視界は遮られる。ゆるやかに曲がる坂道を抜けると、大きな門が現れた。本家の屋敷の大門である。屋敷は灰色の高い塀に囲まれ、反った瓦《かわら》屋根の大門の左右には守り神の石像が一対、据えてあった。扉は開かれている。しかし門をくぐろうとすると、脇から使用人らしき男が駆けよってきた。

「なんのご用でしょうか。お約束はございますか」

「巫術師の董と申します。約束はございませんが、ご当主にお目にかかりたく存じます。わたしは昨晩お亡くなりになったご子息から、とある依頼を受けていた者です」

お待ちくださいませ——と、使用人は屋敷のほうへと去っていった。たっぷり待たされてから、使用人は戻ってきた。

「あいにく主人はこれから出かける用がございまして、かつ巫術師のかたにお力を借りねばならぬこともないとのことでございます」

お帰りくださいませ、と使用人は慇懃《いんぎん》ではあるが、有無を言わせぬ調子で門のほうを示した。

門前払いである。いや、門のなかには入っているから、門前ではないか。

「息子がなにを依頼していたのか、気にはならないのだろうか」

大門を見あげて疑問を口にすると、月季は「気にならないか、知っているからかのどちらかでしょうね」と言った。

「昨日、鼓方さんはこちらに来ていたのだし。そのとき話をしたのかもしれないわ。それにしても、いったいなんの用事で来たのかしら」

なんらかの用事で生家を訪れ、そのあと酒楼で酒を飲み、それから青湖に向かった――のだろうか。

「いまはここで粘るより、ほかのことを調べたいわ。鬼鼓のもとへ行きましょう」

気がすすまないが、行かねばなるまい。鬼鼓の家はここから西南の方角である。本家の西に祖廟《そびょう》があり、そのさらに西に湖、鬼鼓は湖の南に位置する。

来た道とはまたべつの坂道をくだり、川のほうを目指す。木々に挟まれた道を抜けると、前に舟を着けてもらった岸が見えた。鬼鼓の家もある。そちらに向かっていると、ちょうど戸口の莚《むしろ》をめくり、あの青年が出てきた。すぐにこちらに気づいて、険しい顔になる。

「懲りずにまた薪《まき》を投げつけられに来たのか」

「用件はおわかりでしょう。あなたが鼓方さんの亡骸《なきがら》を見つけたの？」

月季は青年の態度も意に介さず大股《おおまた》に近づいてゆく。青年はあとずさったが、周囲に投げつけられそうなものはない。それでも霊耀は彼の動きに注意を払った。

「鼓方さんの幽鬼が北鼓家の門前に現れたの。それはご存じ？」

青年の眉がぴくりと動いた。知らなかったらしい。

「どうでもいい。俺には関係ないことだ」

「どうして？　あなたも鼓方の一族なんでしょう」

青年は冷ややかに笑った。「俺は墓守だ。鼓方のやつらとは違う」

「血縁者ではないということ？　べつの一族なの？」

「血はつながっているが――」言いかけ、青年はうるさげに舌打ちした。「あんたには関係ない。話すこともない。さっさと島から出て行け」

「島から？　なぜそんなにわたしたちを追い払いたいの？」

月季は平然と青年の目の前まで近づいてゆく。霊耀は内心、青年が乱暴な真似をしないかと気を揉《も》んだ。

近づく月季とは逆に、青年は身を引いた。おや、と霊耀は気づく。青年の表情にかすかな恐れが走った。彼は恐れている。巫術師《ふじゅつし》をか、島外の人間をか、はたまたべつの理由かはわからないが。

それを知ってか、月季は青年の腕をつかんだ。青年は当然ふりほどこうとするが、月季は両手でつかんで離そうとしない。

「鼓方さんを見つけたときのことを教えてほしいの。それから湖も見たい。あと湖の祠というのも——」

『祠』という言葉が出た途端、青年は動きをとめた。驚いたように目をみはっている。

「誰から聞いた、祠のことを」

「鼓方さんからよ」

月季はしれっと嘘をついた。祠のことを洪から聞いたのは妓女である。

「見せてくれる？　いやなら、無理にとは言わないけれど。京師へ帰って、この島の湖や祠がとてもすてきな景勝地だと触れ回るわ。きっと観光客が押しかけるわよ。そうなったら、全員を押しとどめることなんて、さすがにあなたも無理なんじゃない？」

にこやかに青年をおどしつける。いったいどこからそんな言葉が出てくるのかと、霊耀は唖然《あぜん》とした。霊耀には出来ぬ芸当である。したくもないが。

青年は怒るよりもあきれていた。

「どうしたらそんな脅し文句が思いつくんだ？」

それは霊耀も思ったことであったので、思わず軽く噴き出してしまった。月季が驚いた顔でふり返ったので、口を押さえて顔を背ける。

「いまあなた笑ったの？　見逃してしまったわ。もう一度笑える？」

「なにを言ってるんだ、おまえは」

そんなことを言うべき場面ではない。しかし青年は、はじめて興味を覚えたように月季と霊耀とを見比べた。

「あんたたちは、夫婦なのか？」

「ふう……許婚《いいなずけ》だ」

霊耀が訂正すると、「へえ」と青年はものめずらしそうにふたりを眺めた。

「あんたのほうは護衛かと思っていた。そうでないなら夫婦かと。若い男女でも旅をするもんなんだな」

「護衛ではあるのよ。わたしひとりで旅はさせられないからと。ね？」

月季に同意を求められて、霊耀はうなずく。

「こんな娘の護衛じゃ、苦労するだろうな。同情するよ」

「だったら、湖まで案内してちょうだい」

潔いまでに図々《ずうずう》しく要求する月季に、青年は根負けしたらしい。力が抜けたように笑った。

「わかったよ。案内すりゃいいんだろう。ただし、亡骸については俺も見回りのときに見つけただけで、たいしたことは話せないぜ」

「じゅうぶんよ。どうもありがとう。あなたのことはなんて呼んだらいい？」

言葉の意味がわからないような顔で、青年は月季を見た。

「わたしは董月季。月季と呼んでくれたらいいわ。彼は封霊耀」

青年の視線を受け、霊耀は「俺も霊耀でいい」と告げた。青年は形容しがたい表情を浮かべた。困惑と照れを混ぜたような表情である。

「俺は——渓《けい》。鬼鼓渓だ」

「渓ね」

「皆は鬼鼓とだけ呼ぶ」

「じゃあ、そのほうがいい？」

「いや——」渓はためらうように視線を揺らした。「渓でいい」

「じゃあ、渓。湖へ案内して」

三人は渓を先頭に湖へ向かった。ひとひとり通るのがやっとの、藪《やぶ》に囲まれた獣道である。渓は手にした鎌で、伸びた笹だの蔓《つる》だのを切り捨てながらさきへ進む。

「道はここしかないのか？」

霊耀が訊《き》くと、

「本家のほうから向かう道はもっとちゃんとしてる。本来は、そっちから行くもんだから」

「本家から……たしか、本家の屋敷のうしろに祖廟があると聞いたが」

「そうだ。その祖廟から湖へ道がつづいてる」

「つまり、湖は祖廟の延長で、そこにも鼓方家の祀《まつ》るものがある——ということか？」

渓はちらとふり返った。

「勘がいいな。そうだよ。それが祠《ほこら》だ。廟と祠を世話して守るのが鬼鼓の役目だ」

「祠って、なにを祀っているの？」

月季の問いに、渓はすぐには答えなかった。

「鼓方家の信仰するものさ」鎌で草を払い、それだけ言った。

しばらく登り道を進むと、ふいに視界が開けた。藪が途切れて、木々の向こうに空が見える。その下に、広々とした湖があった。水面は澄んで鏡のようで、周囲の緑が映りこんでいる。湖のなかほどに、奇妙なものが建っているのが目を引いた。湖上に小さな楼閣が建っているのだ。屋根は八角形だろうか、装飾の美しい瓦《かわら》屋根で、柱や壁は藍色《あいいろ》に塗られている。正面の扉は閉まっているので、なかになにがあるのかはわからない。岸辺から楼閣までは桟橋が伸びていた。

「——あれが祠？」

月季が確認すると、「そうだ」と渓は肯定した。

「鼓方洪はここにいた」

出し抜けに、渓は岸辺に近い桟橋の柱のあたりを指さした。「ここにひっかかっていた。引き上げたが、すでに息はなかった。すぐに本家へ走って知らせた。そのときはまだ亡骸が鼓方洪とはわからなかった——俺はあまり見知っていない相手だからな。そのうえ死に顔だし、まだ薄暗かったし」

夜明け頃のことだという。就寝前と起床後、毎日湖へ見回りに来ているそうだ。

「本家の古株の使用人がひとりと、あと下働きの者が何人か、これは亡骸を運ぶためだ。それで湖に戻ってきて、鼓方洪だとわかった。亡骸を本家に運んで、県の役人に知らせて……それからあとのことは、俺も知らない」

「酔って溺《おぼ》れたんだろう、ということになったのよ」

「へえ」渓は皮肉な笑みを浮かべた。「本家のご当主がそう言うんなら、そうなんだろうさ」

「そんなものなの？」

「お役人だって鼓方と面倒事は起こしたくないだろうよ。このあたりでお上にいちばん税を納めてるのは鼓方だぜ。よそ者が死んだなら厄介だが、鼓方の息子だしな」

「……あなたはどう思ったの？　最初に亡骸を見たのはあなただわ」

「薄暗かったし、気が動転してたしさ、死んでるってこと以外、ろくに確認してねえよ。俺だって、亡骸なんてそうそうお目にかからない。二度目だよ」

「前にも死んだひとがいるの？　ここで？」

渓はよけいなことを言った、というように頭をかいて顔をしかめた。

「いや。鬼鼓の家で。俺と一緒に暮らしてた爺《じい》さんだよ。言っとくが実の祖父じゃない。鬼鼓は寄せ集めだから、直接の血縁関係はない」

「寄せ集め？」

「島のやつらから聞いてないか？　鬼鼓は鼓方の本家やら分家やらからあぶれた者なんだよ。捨てられたと言ったほうがいいか。俺は本家から五歳だったか六歳だったかのころに捨てられた。そのとき鬼鼓の家には爺さんひとりだった。爺さんは北鼓の出だったたな」

──鼓方から捨てられた者の寄せ集め……。

霊耀は眉《まゆ》をひそめた。「墓守をさせるためにか？」

「そうさ。鼓方には必要ない者にその役目を押しつける」

「必要ないというのは……」

「いろいろだな。当主に疎まれた者、妾腹《しょうふく》の子、穀潰《ごくつぶ》し。まあ、穀潰しでも当主に可愛がられてりゃ大事にされる。やっぱり疎まれた者ってことだな」

「あなたは？」

なんでもないことのように月季が問う。よく訊ける、と霊耀は思う。霊耀ならば訊けない。他人の傷に触れることだ。怖くて訊けない。自分の傷をも抉《えぐ》ることだからだ。

「俺は気味悪がられたのさ。幽鬼が見えるから」

渓もまた、さらりと言った。こういうことは、軽やかに訊いたほうが、軽く答えられるものなのかもしれない。

「あら、じゃあわたしも霊耀も気味悪がられてしまうわね。あなたを捨てた本家のご当主に」

ふっと渓は目もとを和らげた。「俺も巫術師《ふじゅつし》の家に生まれればよかったな」

「巫術師は家職ではない——本来は。血筋も関係ない。なろうと思えばなれる」

霊耀は言った。口調が自嘲《じちょう》気味になっていないといいが、と思った。

「へえ。そりゃいいね。俺も京師へ行こうかな」

渓は笑ったが、目は湖上の楼閣を見ていた。

「そもそもいま、鼓方一族のひとたちは幽鬼を見ているのではないの？」

渓の暗いまなざしを知ってか知らずか、月季が言う。「この騒動のなかで見えていないひとがいるなら、幸せなことだと思うけれど」

「見える。こういうときには。使用人のなかにもちらほらいるだろう。だが、平生は見えないんだ。だから、常時見えているようなやつは、不祥なんだよ。凶事を引き寄せると、いやがられる。恐怖なんだ。彼らは皆、恐れている。自分たちに死をもたらす者のことを」

月季も霊耀も口を閉じ、渓を眺めた。霊耀はいま彼が言ったことを考えているし、月季もそうだろう。

「あなたは——知っているのね？」

月季が静かに言った。

「いま、鼓方一族になにが起こっているのかを」

「俺じゃない」

「え？」

「皆知ってることだ。俺だけじゃない。いや、俺はわずかな伝聞でしか知らない。最もよくわかっているのは、本家のご当主さ」

渓は湖上の楼閣を指さした。

「あの祠には女神を祀っている。鼓方が昔からずっと信仰している女神様だ。鼓方への死は彼女がもたらす。罰なんだ。だから、あんたたちにもどうしようもない」

渓はやさしげなまなざしを月季と霊耀に向けた。

「誰も救えない。祓《はら》えない。だからといってそれは、あんたたちのせいじゃないからさ。自分たちを責めずに、京師へ帰りな。下手に女神様のご機嫌を損ねる前に」

女神様、と月季はつぶやく。

「お名前はなんというの。女神様の」

渓はひそやかに、はばかるように口にした。

「——青衣娘娘《せいいにゃんにゃん》。青い衣を身にまとった、水神様だ」

湖からの帰り道は、祖廟《そびょう》や本家屋敷へと向かう道を選んだ。道は藪を刈り、石をのけて平らにならされており、行きの道よりもはるかに歩きやすかった。にもかかわらず三人とも口数はすくなく、黙々と歩いた。

——女神の罰。それで死んだ。ほんとうだろうか。

霊耀はうつむいて歩きながら、考えていた。

——ならば東鼓寄娘や鼓方洪の幽鬼はなんだ。なぜ現れる？

——それに、ふたりは罰を受けるような真似をしたというのか？

わからない。だいたい青衣娘娘とはなんだ。はじめて聞いた女神だ。鼓方一族だけが信奉する神か。だとすると、もとは異国の神かもしれない。霄に渡ってくる前にいた、沙文という土地の。

「あれが鼓方の祖廟だ」

渓が立ち止まった。行く手に立派な門が見える。周囲には石塀が巡らされ、その上から楼閣の屋根が覗《のぞ》いていた。

「見ていくか？」

渓が言うので、せっかくだからと霊耀と月季は門をくぐった。

なかには桃や梅の木々が植えられており、楼閣に至るまでは石畳が敷き詰められている。楼閣は二階建てで、鬼鼓の家よりずっと大きく、一見豪奢《ごうしゃ》ではないが、灰色の瓦屋根の装飾は緻密《ちみつ》で、格子戸の彫りも見入るほど凝った美しい作りだった。床に敷かれた磚《せん》も一枚一枚に花や鳥の模様が描き出されており、目をみはるものがある。京師の豪商の、あからさまな贅《ぜい》を尽くした邸宅よりも、おそらく金はかかっている。地方の小島で、これほどのものを目にしようとは、と霊耀はうなった。地方には意外と京師の分限者よりも富裕な豪族や豪商がいるものだと知識としてはあったが、目の当たりにしたのははじめてだった。本家の邸宅はこれより贅沢な代物なのだろうか。それとも祖廟だからとくべつなのか。

なかに入ると天蓋《てんがい》付きの高い壇が設《しつら》えられており、塑像が祀《まつ》られていた。男性像である。壮年の、口髭《くちひげ》と顎鬚《あごひげ》をたくわえた、厳《いか》めしい顔つきの像だ。目も口も大きく、頬骨が張った、独特の風貌《ふうぼう》をしていた。

「この像は？」

月季が訊《き》くと、

「初代の像だ。この地にやってきた初代鼓方家当主」

渓は唇の端だけで笑った。「いまでも錦《にしき》の衣で着飾られてる。たいそうなもんだろう、土くれのくせに」

言うとおり、塑像は錦の衣を着せられていた。金糸銀糸に彩られた豪奢な衣だ。厚みのある衣のせいで、着ぶくれている。塑像は色が塗ってあったようだが、大部分が剝《は》げ落ちていた。

「これは毎年、新調するのさ。それで、本家当主が手ずから着せる。そういう習いになってる。像自体は古ぼけてるが」

新しい贅沢な衣と、古く色が剝げたままの像がちぐはぐで、どこか薄気味悪さを感じさせる。渓は壇の前に据えられた大きな香炉に香を一本、追加で供えた。洪の棺を安置した部屋で焚《た》かれていたのとおなじ香りがした。鼓方家御用達のお香らしい。

「子供のころは、この像が怖かったよ。いまにも動きだしそうでさ」

渓はかすかに笑った。月季はじっと塑像を見つめていた。霊耀は香炉のそばにいたせいか、香りのきつさに参って、外へ出た。清涼な風が吹いて、それを吸い込む。

「本家のほうに行きましょうか」

月季も外に出てきて、そう言った。

「いま、当主は出かけてるんじゃないのか」

使用人が告げたことが嘘でなければ、だが。

「だから行くんじゃないの。当主がいないほうができる話だってあるでしょう」

こともなげに月季は言った。

「俺は本家までは案内しないぜ。よほどのことがないかぎり、来るなと言われてるんでな」

渓は言って、さっさと門のほうへ向かう。

――あんまりな扱いだな……。

幽鬼が見えるというだけで。眉をひそめる霊耀をふり返り、渓はちょっと笑った。

「あんた、ひとがいいだろう。鼓方のやつらには気をつけな。他人を犠牲にするのを厭《いと》わないやつらだ」

ひとがいいわけではない。いま、霊耀は渓の立場からものを見ていたのだ。いつのまにか、渓に親しみを覚えている自分に気づいた。当初はあれほど警戒していたのに。

――同類だと思ったからか。

必要とされない者。見捨てられた者。おなじだと見なして、同情した。自分をあわれんでいるのと変わらない、と思い、羞恥《しゅうち》を覚える。

難しい顔で黙り込んだ霊耀に、渓は首をかしげる。

「霊耀はね、物事を小難しく考える癖があるのよ。気にしないで」

わかったようなことを言う月季に、霊耀はムッとする。「勝手なことを言うな」

「あなたって、自分が思ってるよりおひとよしよ。わかってないと思うけど」

「いまそんなことはどうでもいいだろう」

「大事なことよ。騙《だま》されないためには」

「おまえにか？」

「あらめずらしい、冗談を言うなんて」

霊耀は黙った。月季とはまともな会話を交わせる気がしない。

「よくわからねえが、まあ気をつけろよ。じゃあな」

はじめて会ったときからは考えられないような気安さで言って、渓は去っていった。

霊耀と月季は渓とは反対方向へ道を進み、本家の屋敷を目指す。祖廟からすでに屋敷は見えていた。

月季は本家の大門ではなく、裏門のほうへと向かうと、なんのためらいもなく門のなかへと入った。裏手にあるのは使用人の住まいらしき区画で、狭い中庭に洗濯物が干してある。隙間なく干された衣類で向こう側が見えない。中庭を囲む棟は鼠にかじられたような落剝《らくはく》した土壁に黴《かび》が生えて黒ずんだ柱、張り出した軒が日差しを遮り、薄暗い。地面はじめじめとしていた。昼日中で使用人は働いているところだから、居住棟でのんびりしている者はいないだろう——とはためく洗濯物の周囲に目をやると、軒下で煙管《キセル》をふかしている老爺《ろうや》がいた。下男のようだ。彼は霊耀と目が合うと、ばつが悪そうにするでもなく、にやっと笑った。歯の抜けた口内が露《あら》わになる。その間の抜けた印象のせいか、妙に愛嬌《あいきょう》のある老爺だった。

「こんな裏口に、どうしなすった、お客人。お屋敷の入り口は塀を回り込んださきですぜ」

老爺は言ったが、歯が足りないせいか、ふがふがと息が抜けて聞きとりづらい。煙管を吸い過ぎたせいなのか、声もしゃがれている。

「お爺《じい》さん、このお屋敷の旦那《だんな》様はいらっしゃるかしら」

ひょいと月季が霊耀の前に出て、老爺に語りかける。

「こりゃまた、えらい別嬪《べっぴん》さんが来たのう。仙女様かと思うた。拝んだら寿命が伸びそうだわい」

「伸びるかもね」

月季が言うと、老爺はおかしそうにふがふが笑った。

「ねえ、旦那様はいるのかしら？」

「旦那様はおらんよ。お葬式に行っとるでな」

ああ、そういうことか、と霊耀は思った。出かけると言っていたのは嘘ではなく、葬儀のためか。

「息子さんが亡くなったんでしょう？　知ってるわ」

「息子じゃいうても、長男でもなし、三番目の息子でな、とうに独り立ちしとる。それが酔って湖で溺《おぼ》れ死んだもんだから、旦那様はたいそうご立腹でなあ」

「怒っていたの？　かなしんでなかったの？」

「かなしむもんかい、あの旦那様が。あんた、知らんのか。鼓方の旦那様言うたら、ごうつくばりで、分家だろうが息子だろうが情け容赦ない。婢《はしため》に生ませた末の息子なんか、墓守の家へ捨ててしもうた。母親似のきれいな顔した子供じゃったのに、かわいそうに」

渓のことだ。

「お爺さん、そんなことしゃべって大丈夫？　旦那様にばれて怒られやしない？」

「わしゃ、もうこの歳だからのう、怖いもんもないわい」

肩を揺らして笑い、老爺は煙管を吸う。かと思うと、むせて咳《せ》き込んだ。

「あら、たいへん」月季は老爺の背中を撫《な》でてやる。痩《や》せた背を撫でる白い手は、たしかに老爺の言うように仙女のようにも思えた。

ぜえぜえ言いながらも、老爺は笑った。「ああ、寿命が伸びた、伸びた。ありがたい」

「亡くなった息子さんは、昨日このお屋敷へ来ていたでしょう？」

「そうそう、何年ぶりかで来ておった。旦那様のことが苦手で、めったに来ようとせんかったのに。ちらと見たところでは、洪坊っちゃん、ずいぶん顔色が悪かったのう。宿屋がうまいことといってないんかと思うたが、訪ねてきたのは、ちと違う理由じゃったみたいでな」

「違う理由って？」

「わしゃ、庭や屋敷のまわりを掃除するんが役目だもんで、なに話しとったかは知らん。じゃけんど、えらい剣幕で怒鳴りよるのが、外まで聞こえとったわい。――『なんで俺が』とか『この家のせいだ』とか、最後は泣いとったようにも聞こえたが」

この家のせい――霊耀の脳裏に浮かんだのは、湖上の楼閣だった。青衣娘娘。その罰。

「息子さんは、旦那様を責めに来たの？」

月季の問いに、「はて」と老爺は宙を見あげる。

「責めるというよりは、すがっとるように聞こえたがのう」

「すがる……。なにかお願いしていたの？」

「お願い、言うたらそんなふうじゃったかの。泣き落としのように聞こえんでもなかった」

泣き落とし。いったい、なにを懇願したのだろうか。

「それで、旦那様は？」

「そりゃあ、あんた、旦那様のことだから、すげなく追い返したに決まっとろうが。わしゃ、洪坊っちゃんが肩を落として帰るのを見たわい。かわいそうに」

月季は考え込むように顎《あご》を撫でた。ふいに洗濯物の帳《とばり》の向こうから、若い女たちのおしゃべりする声がかすかに聞こえた。その声は足音とともに近づいてくる。月季はすばやくふところから財布をとりだし、いくらかの銅銭を老爺の手に握らせた。

「どうもありがとう、お爺さん。これで煙草でも買ってちょうだい。でもあんまり吸い過ぎないようにね」

「こりゃ、罰当たりもいいとこだ、仙女様から施しをもらうとは。またいつでもお出ましくだされ」

歯の抜けた口でにんまり笑う老爺から離れて、月季と霊耀はすばやく裏門を出た。見あげると、いつのまにか空には鈍色《にびいろ》の雲がかかっていた。

「天気が崩れそうね。急ぎましょう」

「どこへ？」

「北鼓家へ。本家の当主にも話を訊《き》きたいところだけれど、葬儀の場に押しかけるわけにもいかないわ」

「渓の話や、さっきのじいさんの話をどう思う？　鼓方一族には、なにがあるんだろう」

「女神様の罰が——という話？　どうかしらね。なにかしら家の事情は絡んでいそうだけれど」

たとえば——と、月季は早足で歩きながら話す。

「財産で揉《も》めていて、家を出たとはいえ、鼓方さんも本家の息子であることには違いない。だから酔って溺れたと見せかけて殺した。なんてこともあるかもしれない」

これは人間のしわざだった場合である。

「その場合、東鼓寄娘の件は？　なぜ彼女は死んで、その幽鬼が鼓方洪のもとへ現れたんだ？」

「考えられるとしたら、呪詛《じゅそ》」

端的に月季は言った。

「呪詛……」

「呪詛で寄娘を殺し、その幽鬼で鼓方さんをも呪い、殺した」

「そんな真似ができるやつが、この島にいるか？」

月季は立ち止まり、霊耀の顔を眺めた。

「幽鬼が見えて、疎外されている。女神の罰だなんて話を、もっともらしくわたしたちに吹き込んだ。そう考えれば、このうえなくあやしいのに、どうしてはなから疑いもしないの？」

「おまえ――」

「だからおひとよしだって言ったのよ。わたしがそう言ったことの意味を、あのひとはわかっていたと思うわ」

渓は。

そう言って、月季はふたたび歩きだした。

――渓が？

そんなことは考えもしなかったので、霊耀は呆然《ぼうぜん》とした。気づけば月季はずいぶんさきを歩いていたので、霊耀は駆け足であとを追った。

「いや、それはないだろう」

追いついて、口を開く。「理由がない。鼓方洪は渓の兄、いやおそらく異母兄か、ともかく兄ではあるわけで、寄娘は――寄娘とは接点がないだろう」

「理由なんてわかるはずないじゃないの」月季はあきれた顔でふり返る。「わたしたちは渓と会ったばかりで、なんにも知らないに等しいのよ」

「なんだっておまえは渓をそんなに疑っているんだ」

「あのひとだけを疑っているわけじゃないわ。神罰かもしれないし、呪詛かもしれないし、ひとの手によって殺されたのかもしれない。その疑いのひとつというだけ。あなたが彼を疑いから外しているのがおかしいと言っているの」

「そういうわけでは……」

月季はぷいと前を向いた。「そういうわけがあるでしょう。あなたは彼に肩入れしているわ」

こちらの言い分を聞きもしない月季に、霊耀はムッとする。

「むやみやたらにひとを疑えばいいものでもないだろう。疑いの目で見ればなんでも疑わしい。公平な目で見るべきだ」

「まあ、ご立派ね。あなたは秋官府《しゅうかん》を目指しているのだったかしら」

秋官府は罪人を裁く役所である。

「冗談でも怒るぞ」

冷ややかな声が出た。額に青筋が立つのがわかる。月季は霊耀が冬官を目指していることを知っている。巫術師にはなれないからだ。霊耀が冬官になることを目標にするまでにはさまざまな葛藤《かっとう》があったし、その背後には挫折《ざせつ》と屈辱がある。一片も揶揄《やゆ》すべきことでないことくらい、月季は知っているはずだった。

月季はぎくりと顔をこわばらせ、青ざめた。

「……ごめんなさい」

かすかな、震えた声で謝る。母親を見失った幼児のような顔をしている。月季は怖いもの知らずなくせに、霊耀が本気で怒るとひどく狼狽《ろうばい》し、打ちしおれる。

霊耀はため息をついた。月季に揶揄する意図がないことなど、わかっている。ただの軽口だと受け流せない己の頑《かたく》なさに嫌気がさした。

「霊耀、わたし――」

「わかってる。もういい」

月季の口からこれ以上、弱々しい声を聞きたくなかった。霊耀におもねるような言葉も聞きたくない。みじめな気分になるからだ。

月季は途方に暮れたような顔をしていた。霊耀は黙り込む。そのままふたりとも、黙って歩いた。


――しくじった。

月季はいますぐ霊耀の前から消えていなくなってしまいたい気分だった。調子に乗って、よけいなことを言ってしまった。霊耀を侮辱するつもりなど、これっぽっちもなかったのに。

だいたい、軽はずみにものを言い過ぎるのが問題なのだわ、と月季は己を叱りつける。冗談で混ぜ返し、減らず口をたたく。あげくにこれだ。どうして神妙に、おとなしく、慎《つつ》ましやかにしていることができないのだろう。霊耀を煩わせたくないというのに。やっていることは真逆だ。

月季は隣を歩く霊耀の横顔を盗み見る。唇を引き結んだ精悍《せいかん》なその横顔に、もう怒りの色は見えない。霊耀は怒りを長持ちさせないひとだった。感情を露《あら》わにするのはよくないと思っているふしがある。感情で行動するのもよしとしないので、『公平な目で』などと言いだすのだ。月季はそれには同意しかねるものがあるが、渓を疑っているのはたしかに偏った目があるかもしれない。霊耀が渓に親しみを覚えているのがわかっているからだ。

渓は父親に必要ないと切り捨てられた息子だ。霊耀の父親は、巫術師《ふじゅつし》としての側面からは、霊耀を見限っている。もちろん、それ以外の面から霊耀は評価されているから、跡継ぎに据えられているのだ。だが霊耀にとっては、封家に生まれながら巫術師として切り捨てられたことは、とても大きなしこりであり、すっぱりと割り切れるものではないのだろう。だから霊耀は渓に親しみを覚え――月季を厭《いと》うのだ。

月季の胸が刺すように痛んだ。月季はこの才のために霊耀の許婚《いいなずけ》になれているが、同時にこの才のために霊耀に疎まれている。

渓がうらやましい、と思った。持たざる者ゆえに、霊耀に親しみを持ってもらえる。妬《ねた》ましかった。月季が渓を疑う底には、その感情がある。偏っていると言われてもしかたがない。抑えるべきだ。だが、妬ましい――。

ふいに月季の肩から烏衣が羽ばたき、びくりとする。烏衣は餌でもさがしに行ったのか、どこかへ飛んでいった。

月季は胸を押さえる。こんな感情は持ってはいけない。心のなかを悪い感情で波立たせてはいけない。そうでないと、またあの声が聞こえてくるかもしれない。殺してやろうか、そう言ったあの声が。

うなじに冷たい汗がにじんで、月季は手で拭《ぬぐ》った。


月季とぎくしゃくしたまま、霊耀は北鼓家の門前に立っていた。

「おかしいわね」

月季が門の周囲を見まわす。霊耀は気まずさをひとまず押しやって、「ああ」と同意した。

——洪の幽鬼がいない。

門前に佇《たたず》んでいた彼の姿が、どこにも見当たらないのだ。

「どこに——」

霊耀が言いかけたところで、邸内から騒がしい物音が聞こえた。器が割れるような音、走り回る足音、わめく男の声。

月季がすばやくなかへ駆け込んだ。霊耀もあとにつづく。

「俺はもう耐えられない、こんな家は出て行く」

屋敷の前で、二十代半ばくらいの青年が荷物を抱えてそうわめいている。それを彼よりいくらか年上の男性と、中年の女性が宥《なだ》めていた。

「落ち着け。逃げたってしようがない」

「そうよ。あなただと決まったわけじゃないのだから……」

「決まってる！　もう決まってるだろう。だってあいつは、俺を指さしているじゃないか！」

青年は唾《つば》を飛ばしてわめき、背後を指さした。月季と霊耀もそちらに目を向け、はっとする。

洪がいた。ここにいたのだ。濡《ぬ》れそぼった姿で、うつろな目で、うなだれて。

彼は青年を指さしていた。寄娘が洪を指さしていたように。

「いやだ……！　なんで俺なんだよ！」

青年は叫んで、とりすがる女性をふりほどく。月季と霊耀にぶつかる勢いで突進してきたので、ふたりはさっと道を開けた。青年はふり返ることもなく一目散に門を出て、走り去っていった。

青年のうしろ姿をあっけにとられて見ていた霊耀は、視線を戻して「あっ」と声を洩《も》らす。洪の姿がまたしても消えていた。

女性がその場に泣き崩れる。いったいこれはどういうことか。当惑していると、男性のほうが「董師公……」と疲れた声をあげた。

「弟は行ってしまいました。どうしたらいいでしょう？」

月季は一歩前に進み出て、男性を見あげた。

「あなたは？」

「申し遅れました。北鼓家の長男、汀《てぃ》と申します。こちらは母です」

三十過ぎくらいだろうか、汀は弟を引き留めようとずいぶんがんばったのか、服も髪も乱れていた。

「さきほどの者は次男の滄《そう》です。ごらんになったと思いますが、鼓方洪に指名されました。それで弟は取り乱して、逃げだしたのです」

「指名……」

「こんなにも早く洪が門内に入り、指名するとは思っていなかったのです。心の準備が誰にもできていなかった。東鼓寄娘は洪に近づき指名するまで、何日も猶予があったというではありませんか。早まるとは聞いていない」

月季は黙って汀の言葉に耳を傾けていた。しゃべらせるつもりだ。彼らが知っていて、月季たちが知らないことを。汀の声は上擦って、顔も青ざめている。彼もまた取り乱しているのだ。

「聞いていた話では――」

「汀！　黙らんか」

奥の渡り廊下のほうから、北鼓家の当主である瀚が血相を変えて駆けよってきた。そのうしろに、初老の男性もいる。身なりと佇まいからいって使用人ではない。どこかで見たような顔だとも思った。

「父上、ですが滄は逃げだしました」

瀚は舌打ちした。「あの馬鹿め」

「ご当主」

月季が口を挟んだ。澄んでよく通る声だった。

「どういうことですか」

瀚は狼狽《ろうばい》した様子でうしろにいる男性をふり返った。男性が進み出てくる。大きな目と口、頬骨の張った輪郭――あっと気づいた。

鼓方一族の祖廟で見た塑像《そびょう》によく似ている。

「董師公。こたびはわが一族の面倒事に巻き込んで申し訳ない」

ゆったりとした口ぶりで男は言った。

「私は鼓方家の当主、鼓方淵《えん》と申す。息子の洪があなたに依頼なさったそうだが、その洪も死んでしまった。もはやあなたのすることはないはずだ。お帰り願いたい」

月季は眉《まゆ》をひそめた。「いまは北鼓家のご当主から依頼を受けております。帰るわけには参りません」

「彼は依頼をとりやめると言っている」

鼓方当主・淵はちらと瀚を見る。瀚は青白い顔で目を伏せ、小さくうなずいた。

「そんな」悲鳴に近い声をあげたのは、泣き伏していた汀と滄の母親だ。

「どうして。それじゃあ、あの子を見殺しにするんですか」

瀚は彼女のほうに目を向けもせず、

「汀、奥へつれてゆけ」

と息子に指示だけした。汀はこわばった顔で母親を抱きかかえると、渡り廊下の奥へと去っていった。

「そういうわけで、董師公。お帰り願いたい」

丁寧だが有無を言わさぬ口調で、淵は月季を威圧した。

「『一族の面倒事』とおっしゃいましたね」

月季は言った。

「つまり東鼓家の寄娘、鼓方家の洪、このふたりが死んだのは、鼓方一族にまつわるなにかが原因だということですか」

「もはやあなたにはかかわりのないことだ」

「あきらめるのですか」

「あきらめる？」淵の眉がぴくりと動く。「いったいなにを」

「一族の者が死んでゆくのを」

淵は黙る。

「青衣娘娘の罰だから？」

その言葉にウッと呻《うめ》いたのは、瀚だった。「ど、どうしてそれを――」

「黙れ」淵がすばやく瀚を一喝する。

「董師公、さきほども言ったが、あなたにはかかわりのないことだ。ああ、洪のぶんと北鼓のぶん、報酬ならいまここでお支払いしよう。洪が死に、北鼓が依頼をとりやめたからといって、あの董師公を手ぶらで帰したとあっては鼓方の名折れだ」

まるで月季が報酬ほしさに食い下がっているような口ぶりで言い、淵はふところに手を入れた。

「けっこうです。ご子息には半分、前金をいただいておりますし、幽鬼を祓《はら》えなかったので残り半分は当然いただけません。北鼓家のほうは、まだたいしたことはしておりませんので、お代はけっこうです」

月季は淡々と、冷ややかに述べた。淵は鼻で笑い、ふところから手を抜いた。巫術《ふじゅつ》師《し》ごときが、偉そうに――と、その目は語っていた。

「では、早々に島を出ることをおすすめする。無事に帰りたいのであれば」

淵はわかりやすい脅しを述べた。とにかくさっさと月季を島から遠ざけたいようだ。

それだけ『青衣娘娘』の言葉は大きかったということだ。

——やはり神罰なのか。青衣娘娘の。

ならば鼓方一族は、罰を受けるほどのなにをしたというのだろう。

「ひとつだけ」

月季は帰るとも帰らぬとも言わず、

「まだ誰か、死ぬのですか」

と尋ねた。淵からの返答はない。

「いったい何人、死ぬのですか」

淵はくるりと背を向け、屋敷の奥へと向かう。瀚もそのあとに追いすがるようにして、あわただしく去っていった。あとに残されたのは、月季と霊耀だけだ。

「鼓方の当主は、おまえへの依頼をやめさせるために、ここを訪れたんだろうな」

「そうね。それだけさぐられたくない腹があるということでしょう」

わかっているのは、と月季は言った。

「きっとまた、ひとが死ぬということよ」

月季の表情は、薄暗く翳《かげ》っていた。

ふたりは『清芳楼』へ戻り、遅い昼食をとった。月季は疲れた顔をしていたが、おそらく霊耀もおなじだろう。食事のあいだも黙り込みがちだった。なにを食べたのだか、よく覚えていない。飲み込むのに苦労して、やたら時間だけかかった。

依頼はなくなった。洪の死因や鼓方一族について、調べる理由はなくなった。

「帰るのか？」

部屋に戻り、霊耀は月季に尋ねた。月季はふり返る。奇妙な笑みを浮かべていた。

いやな予感がする。

「冗談でしょう？」

目が笑っていない。

「ひとが死ぬというのに、放っておけはしないわ。それがひとの情というものでしょう。ねえ」

「ああ、まあ……」

「鼓方当主は、自分が何様だと思っているのかしら。ひとの生死を自分で決めていいと思ってる。そんなことができるのは皇帝陛下くらいでしょう」

「不敬だぞ。陛下は軽々しくそんな真似をしない」

「そうよ。陛下だってしない真似を、あの当主はしていいと思っているのよ。ひどい思いあがりだわ。この島に君臨しているから。そんな真似が島外の者に通用すると思っているのかしら」

滑稽《こっけい》ね、と月季は笑った。

「もちろん、調べはすすめるわ。そうでなくちゃ——」

月季はうつむき、唇を嚙《か》んだ。

「鼓方さんに顔向けできないもの」

そうだな、と言うことしか、霊耀はできなかった。

第四章　裏切りの血脈

「北鼓家の当主夫人、彼女に話を訊《き》くことにするわ」

しばらく休んだあと、月季はそう言って部屋を出た。

「どこまで事情を知っているかわからないけれど、あのなかではいちばんしゃべってくれそうでしょう」

たしかに、と霊耀はうなずく。取り乱し、泣き叫んでいた気の毒な夫人の姿が思い浮かぶ。息子を助けたい一心で話してくれるかもしれない。

『清芳楼』を出ようとしたところで、にぎわう食堂での会話が断片的に耳に入った。

「島を出る船が転覆したって――」

「急に風が出て――」

「乗客は川に投げだされて――」

はっと足をとめる。月季も同様に立ち止まると、すばやく食堂へと足を踏み入れた。

話をしていた旅行客らしき三人組の男たちのもとへと近づく。

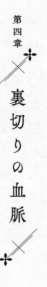

「失礼、船が転覆したって、いつのことですか？」

へ？　と急に現れた黒衣の娘に三人は目を丸くした。答えをくれたのは彼らではなく、うしろに座っていた中年の男性客だった。

「昼過ぎだよ。急に強い横風が吹いてさ、あっというま。船は出たばかりだったから、川に落ちた乗客もすぐに助けられるか自力で岸に泳ぎ着くかして、あらかた無事だったそうだ。とはいえその後始末でてんやわんやしてるから、しばらく船は出せないんじゃないか」

「そうそう」と三人組のほうが気を取り直したように声をあげる。

「俺たちゃ、そのすこし前に港に着いてたんだけどさ、あとの船だったら島には来られなかったぜ。たいそうな騒ぎだった」

「それまで風なんてたいして吹いてなかったのになあ。店先の椅子が転がるような突風だったよ」

「あんたらも、今日帰るつもりだったなら明日に延ばしたほうがいいぜ」

「そうします。どうもありがとう」月季は言って、最初に話をしてくれた客のほうをふり向く。「さっき、『あらかた無事だった』とおっしゃいましたね」

「ん？　ああ、そうだよ」

「じゃあ、無事でなかった乗客もいたんでしょうか」

客人は眉《まゆ》をよせた。「それが、ひとりだけいたんだってさ」

「ひとり？」

「ああ。運が悪いね。急流に呑《の》まれたかな。あの川は、穏やかそうに見えて流れの速い箇所があるんだよ。そこに足をとられると、逃げられないのさ。川の底に引きずり込まれちまって、川下まで流される。だから島の者は絶対に泳いだりしない。夏場は観光客のひとりかふたり、決まって酔った勢いで川に入っちまうがね。みんな死んじまうよ」

ははは、と客人は笑ったが、三人組のほうはしんと静かになってしまった。泳ぐつもりでいたのかもしれない。

「その運が悪かったひとりも、亡くなったんですか？　もう身元はわかっていますか」

「いや」と客人は手をふった。「まだ亡骸《なきがら》はあがってない。水手《かこ》たちが手分けしてさがしてるみたいだが、生きてはいないだろう。身元はわかってるのかもしれんが、俺は知らんよ」

そう言うと、客人は酒をあおった。

彼にも礼を言って、月季は霊耀とともに『清芳楼』を出る。

「まさか――」

霊耀の脳裏をよぎったのは、北鼓家を逃げだした次男である。

「北鼓家に」とそちら方向に歩きだそうとした月季を、霊耀は引き留めた。

「待て。もしその乗客が北鼓家の次男だったら、夫人はもう事情を打ち明ける必要がなくなる。なにも話してはくれまい」

むしろ、なぜ助けられなかったのかと非難の矛先が月季に向くかもしれない。

「混乱のさなかに行っても、いいことはない」

「だったら、どうするの」

「港へ行ってみよう。その乗客の身元がわかるかもしれない」

「そのあとは？」

「そのあとは――」

霊耀は口を閉じる。いま言いかけたことは、いいことではなかった。できれば起こってほしくないことだ。月季の顔にも、その予感は浮かびあがっている。

「また……現れると思う？」

静かに、月季が問うた。いや、問いというより、確認だった。

霊耀は眉をひそめ、地面に目を落とす。

現れる――幽鬼が。鼓方一族の誰かのもとに。北鼓家の次男の幽鬼が……。

そしてまた、指をさす。

ぞくりと背筋が冷えた。

「現れてほしくはないが。鼓方当主の様子からすると、あり得るだろう」

ひっそりと月季がため息をつく。「誰のもとに現れるのかしら」

「わからないが……今度こそ、防がねば」

そのためには、鼓方一族になにが起こっているのか、事情を知らねばならない。知っていながら隠されていては、後手に回ってしまう。いまのように。

ふたりは港に向かって歩きだした。通りは行き交うひとで混み合い、あいだをすり抜けるようにして歩かなくてはならなかった。

「鼓方一族の事情をさぐらねばな」

言いながら、霊耀は向こうから来るひとにぶつからぬよう、ときおり体を斜めにして進む。

「誰が話してくれそうかしら。北鼓家の長男とか」

「跡継ぎはなんだかんだで口が堅いものだ。彼は言うまい」

「あなたが言うならそうなんでしょうね」

それは軽口なのか真面目な感想なのか、判じかねた。顔は神妙だ。

「変な意味で言ったんじゃないわよ。単に、そうなんだろうと思っただけ」

月季は早口につけ加えた。さきほど霊耀が怒ったので、気をつけているのだろうか。

「わかってる」

なんとはなしに気まずい沈黙が流れる。

月季は咳払《せきばら》いをして、

「じゃあ、ほかにいるかしら？　一族の事情を打ち明けてくれそうなひと」

と話題を戻した。

「そもそも俺たちは鼓方一族のひとたち全員を知っているわけじゃないからな……」

話してくれそう、というので思いつくのはひとりしかいない。

「渓くらいじゃないか」

そう言うと、月季の頬がこわばるのがわかった。

「一族のようで一族でない者だし、話してくれるんじゃないか？　青衣娘娘のことだって、教えてくれたのは彼だ」

「…………」

月季は黙り込む。

「まだ疑わしいと思っているのか？　だが、手をこまねいているよりは――」

「わかってるわ。それが妥当だと思う」

月季は言って、霊耀の顔をちらと見やった。どこか不安そうな目をしていた。霊耀はそれを不思議に思う。月季に不似合いなまなざしだった。いつでも満月のように欠けたところのない、自信に満ちた顔をしているのに。そして彼女の場合、それはうぬぼれではない。

「あなたは――」月季はなにか言いかけ、やめた。ふいと顔を背けて目を伏せる。

「なんだ？」

「なんでもない。急ぎましょう」

月季は足を速めた。雑踏のなかで、彼女の背中が妙に小さく、頼りなく見えた。だが、実際に月季は細身で、力も弱い。彼女が十七歳の娘であるのを、霊耀はいつも都合よく忘れ、たまに思い出す。霊耀は急いで月季に追いつき、彼女が人混みに突き飛ばされぬよう、気遣った。


港はたいへんな混雑だった。出港を待つひとでごった返しているのだ。しかし船を出すほうは、また妙な突風が吹いて転覆してはかなわないので、慎重に天候をうかがっているらしい。悪天候ではないが、空は半ばほど雲に覆われて、生ぬるい風がゆるく吹いていた。出ない船に人々は苛立《いらだ》ち、あちらこちらで小競り合いが起きている。危険だ。

「月季、ここはだめだ。あちらへ行こう」

霊耀は月季を促し、船着き場からはすこし離れた、芦《あし》の生い茂る川岸へと移った。あたりには何艘《そう》かの小舟が繋留《けいりゅう》してある。浅瀬には入ってこれない船は、こうした小舟でひとや物を運ぶ。小舟の周辺には、船頭らしき者たちが暇そうに立ち話をしたり、煙管《キセル》を吹かしたりしていた。

「彼らに訊《き》いてみよう」

そう言って足を踏みだしかけた霊耀の袖《そで》を、月季が引いた。ふり返ると、彼女は向かおうとしていたさきとは反対側の、川のほうを指さしている。芦の生い茂るそのさきだ。なんだ、と目を凝らす。一瞬、頭をよぎったのは、水死体を見つけたのか、ということだった。だが、違う。月季は舟を指さしている。

一艘の小舟が、岸辺近くをゆっくりと進んでいた。ひとりの青年が櫓《ろ》を漕《こ》いでいる。乗っている者は彼以外にいない。

渓だった。

彼はこちらに気づいたようだった。軽く手をあげ、合図してくる。月季が手をあげた。渓は舟の方向を変え、こちらに近づけてくる。芦に行く手を阻まれると、渓はためらうそぶりもなく舟から川に降りて、足首あたりまで水に浸《つ》かった。舟の縁をつかんで芦の茂みに引っ張り込み、流れていかぬよう固定する。慣れた手つきだった。霊耀はすこし迷ったが、足を濡《ぬ》らして彼に近づいた。月季もついてくる。

「どうしてここに？」と尋ねると、渓は片眉《まゆ》をあげた。「俺がそう訊こうと思ってたんだが。俺はさがしものだよ」

「さがしもの？ 俺たちは、船が転覆して行方知れずになってる乗客がひとりいると聞いて、それが誰なのか知りたくて――」

「誰なのかはわかってる。北鼓滄《の》。北鼓家の次男さ。知ってるか？」

はっと、霊耀も月季も息を呑んだ。

――やはり。

「俺がさがしてるのもそいつさ。鼓方の当主の命令でな」

「どういうことだ？」

渓は唇の端だけで笑う、彼独特の笑みを見せた。

「亡骸《なきがら》をさがしてるんだ。溺《おぼ》れ死んだだろう滄の。ほかのやつらに見つかる前に」

答えになっているようで、なっていない。眉をひそめていると、渓はつと視線をあげて空を見て、舟のほうを顎《あご》でしゃくった。「ゆっくり話してる暇はない。日が暮れちまうからな。聞きたいなら乗れよ」

霊耀は月季をふり返る。彼女が黙ってうなずくと、率先して舟に近づいた。渓は舟を押しやり、水に浮かべる。霊耀がさきに乗り、月季の手をとって舟に乗せた。舟は不安定に揺れる。最後に渓が軽やかに乗り込むと、櫓を漕いで舟を進めた。

川の上にいると、岸辺にいたときよりも風が強く感じる。転覆した船のことを考え、霊耀はすこしみぞおちがひんやりした。

雲の隙間から、夕焼けの空が覗《のぞ》いている。燃え上がるような濃い茜色《あかねいろ》で、灰色の雲の端がぎらぎらと金や緑に輝いていた。雲が燃えているのだ、と思った。

その雲を背に、一羽の鳥がひゅうと飛んでくる。黒と白の小鳥。鳥衣だ。

どこに行っていたのか知らないが、なめらかな飛行で鳥衣は舟の上を旋回した。月季が手を伸ばすと、その白い手の甲に降りて翼をたたむ。

「それはあんたの燕《つばめ》だったのか」

櫓を漕ぎながら渓が言う。

「そうよ」

「ついさっきまで、俺にまとわりついて鬱陶《うっとう》しかった。あやうく手で打ち払うところだったぞ」

「大丈夫、鳥衣はすばしこいから、打たれやしないわ」

渓は軽く笑って肩をすくめた。

霊耀はあたりを見まわし、水死体が浮いてやしないかと——見つけたくはないが——さがしているが、渓はそんなそぶりを見せない。さがしているのではなかったのか。

「このあたりにはないから、そう真剣にさがさなくたっていい」

疑問を感じとったのかどうか、渓は霊耀にそう声をかける。

「すこしさきに行くと、舟を寄せにくい切り立った崖《がけ》がある。そこは川の流れが岸を削りとって、やや湾曲してる。湾曲した角は上流から流れてきたものが溜《た》まりやすい。岩石もごろごろ堆積《たいせき》してるから、うっかり舟を寄せるとひっくり返るか底に穴があく。流れで岩のありかを見極め慣れた者しか近寄れない」

俺みたいに、とさして楽しそうでもなく笑って言う。

「そこに水死体もひっかかるのさ」

霊耀はまだ見えぬその崖をさがすように、前方を眺めた。

「それをあなたが見つけないといけないの？」

月季が問う。

「鼓方一族の亡骸はな」

「なぜ？」

「鼓方は異国の出だから、この国の者とは違うところがある」

月季は首をかしげた。「そう？　見たところ、そんなふうには思えないけれど」

「服を着ているうちはな。風習が残っているんだ。なぜ残しているのかは知らないが……」

渓は袖をめくりあげた。

月季も霊耀も目をみはる。渓の二の腕には、文身《いれずみ》があった。黒ずんだ色の、大きさの異なる菱形《ひしがた》と棒線を組み合わせた、不思議な模様だった。

「鼓方の者は皆、成人するとこれを彫る。この国ではごろつきか罪を犯した者にしかこんなものはないだろう。だから当主はこれを衆人に見られることを厭《いと》うんだ。検死のお役人はしかたないが、記録には記さず、他言せぬよう金品は渡してる。なら彫らねばいいと思うんだがな。一族の決まりなんだろう」

「そのせいで、あなたが亡骸を誰よりもさきに見つけなくてはならないの？」

月季は眉をひそめている。「それも鬼鼓の役目？」

「まあ、ふだんはこんなお役目はないさ。話には聞いていたが。東鼓寄娘をさがして見つけたときが最初だ」

渓の口調は淡々としているが、まなざしは暗く翳《かげ》っている。

「そんなことを……。どうかしてるわ」

鋭い声で吐き捨てた月季を渓はちらと見て、表情をやわらげる。

「そうだな。どうかしてるよ。きっとあまりに長くこの島にとどまりすぎたせいだ。鼓方はどこかで島を出て行くべきだった、かつて故郷を出たときのように」

月季は渓の顔を見つめる。

「もう手遅れのように言うのね」

そのときちょうど雲間から陽がさし、茜色の光がまぶしく照ったので、渓は目を細めて顔を背けた。

「もう手遅れさ」

つぶやきがかすかに聞こえた。

「——ああ、見えてきたぜ」

渓は前方を顎でしゃくる。切り立った崖が見えた。むきだしの岩肌を夕陽が照らしている。川面からも大小の岩が顔を覗かせていた。夕陽のせいで岩陰はいっそう濃い。

ああ、と月季がため息とも悲嘆ともとれぬ声を洩《も》らした。霊耀は目を凝らす。岩陰に、見え隠れするものがあった。岩にひっかかっているもの。服のようなものが見える。白い肌も。舟はゆっくりと近づいてゆく。霊耀は思わず目を背けた。

渓が櫓から手を離し、足もとに置いてあった網を抱える。亡骸をそれでくるむつもりらしい。手伝ったほうがいいのだろうか、と渓の背後からうかがうも、亡骸の顔を直視してしまい、さきほど食べたぶんがせりあがってきそうになる。生気を失い、面変わりしているが、印象は変わらない。あの北鼓家の次男だ。出て行くとわめいていた——元気にわめいていた、あの。

「離れてろ。吐かれちゃ困る」

渓は背を向けたまま言い、手早く作業している。月季が尻《しり》をずらして霊耀のそばに寄り、やはり亡骸からは目をそらしてうつむいた。肩が小刻みに震えている。予想はしていたことだが、こうして亡骸を目の当たりにすると、やるせないものがあった。

渓は亡骸を舟にひきあげるのかと思っていたが、そうはせず、網を舟の縁にある突起にくくりつけ、櫓を手にした。

「このまま北鼓家へつれてゆく。さいわい、あの屋敷は船着き場のすぐそばだ。――あんたたちは、途中でおろそう。一緒にいるところを見られると、面倒なことになるかもしれない」

「あなたが？　それとも、わたしたちが？」

「両方だよ。俺は秘密裏に亡骸を北鼓家へ届けねばならなかったし、あんたたちは鼓方一族の文身について知ってはならなかった」

「教えてくれたのはあなただわ」

渓はちょっと笑った。「鼓方のやつらに気づかれないように気をつけな」

彼が秘密を教えたのは、いやがらせなのか、なんなのか。

「どうせなら、もっと教えてちょうだい」

月季は霊耀の隣で膝《ひざ》を抱えたまま、そう要求した。

「なにを？」面白がるように渓は問いかける。

「鼓方一族のこと――いまなにが起こっているの？　あとどれだけ死ぬの？」

「なにが起こってるかは、前に言ったろ。青衣娘娘の罰だ。あとどれだけ死ぬかは知らない。青衣娘娘の思し召《おぼめ》し次第だろ」

「嘘よ。あなたは知ってるわ」

渓は鼻で笑った。

「知ってたとしても、教えないさ。教えたところでしかたない。防ぎようがないんだから。神様のやることだぜ」

月季は黙る。代わりに霊耀が口を開いた。

「ほんとうに、防ぎようはないのか？」

渓はちらと霊耀を見る。

「方法があったら、防ぎたいのか？」

「あたりまえだろう」

渓はまぶしげに目を細めた。もう目を射る残照はない。夕陽は山向こうに沈んだようで、爛々《らんらん》と燃えていた雲は暗い灰色に沈み、あたりは薄藍《うすあい》の帳《とばり》に包まれはじめる。

「迷いなく正しさを選べるあんたがうらやましい。俺は防ぎたいとは思わないよ。それは俺があんたじゃないからだ」

薄藍の翳のなかで、渓の瞳《ひとみ》は深いかなしみをたたえているように見えた。

霊耀はなにか言おうと思ったが、なにを言えばいいかわからず、そのあいだに渓は舟を岸辺に近づけた。舟が芦《あし》の茂みをこする。

「ここで降りてくれ。花街も近い。明かりが見えるだろう？」

亡骸《なきがら》を引いているので、これ以上は岸に近づけないのだ。霊耀は芦を避けて水辺に降りる。薄暗いので足もとが見えづらい。月季の手をとり、抱えるようにして舟から降ろした。ふたりが降りるのを確認して、渓は離れていった。あたりはみるみる暗さを増し、花街の明かりが灯《とも》ってゆく。

「じゃあな」

もはや影となった渓の声が、かすかに聞こえた。舟影はひっそりと遠ざかる。水音と、櫓《ろ》を漕《こ》ぐ音が響いている。ふたりは岸辺にあがり、花街の明かりを目指した。足が濡《ぬ》れて気持ち悪い。歩くたびいやな音がした。

「……あのひとは、鼓方を憎んでいるのね」

月季がつぶやいた。「おそらく、鬼鼓だから、という以上の理由で……」

霊耀は一度、川のほうをふり向いた。暗い川の上に、舟の姿はもう見えなかった。

その夜は、雨がぱらついてきたかと思うと、あっというまに土砂降りになった。風も吹いてきたので、花街の店は軒並み提灯《ちょうちん》を消し、ふだんのにぎわいも消え失《う》せる。

格子窓の向こうにある雨戸も閉めてしまうと、部屋は暗く陰気に見えた。霊耀は寝台脇の小几《こづくえ》に置かれた燭台《しょくだい》に火を灯す。ぼんやりとした明かりが部屋を照らした。

「明日、もう一度渓を訪ねようと思う」

寝台に腰をおろして、霊耀は月季に告げた。ふたりとも、すでに夜着に着替えている。月季は部屋の隅にあった灯籠《とうろう》を中央の卓に持ってきて、火をつける。灯籠は花の形をしており、揺れる灯火に花弁の影が舞う。

「無駄足になるわよ。よしたら」

月季は灯火を見つめ、言った。白い頬に影が揺れる。

「俺はそうは思わない。話してくれるとしたら、彼だろう」

「霊耀……」月季は困ったように霊耀を見た。「彼が心を開いてくれていると思っているのね」

霊耀は眉《まゆ》をよせた。「どういう意味だ」

「渓はあなたを好ましく思ってはいるけれど、胸の内を打ち明けてはいないのよ」

「――それは」

わかっている、と言おうとした。だが、月季は先回りして「わかってないわ」と被《かぶ》せた。

「彼は頭がよくて狡猾《こうかつ》。ひとの心の機微にも聡《さと》い。ああいうひとは、とても難しいわ。最初に厳しい態度をとっておいて、緩めて、気を許したように見せる。その実、ほんとうのところは隠してるんだわ」

「ほんとうのところ、とはなんだ。鼓方の秘密か」

「そうじゃなくて――」月季は言葉をさがすように手を宙で揺らめかせた。手は力なく下に落ちる。「――よくわからないけど」

はあ、と霊耀は息をついた。

「それでは俺にもわからない」

月季はムッとしたように唇をとがらせる。

「彼はあなたが思うよりずっと――ずっと……」月季は視線を灯火に戻した。「……傷ついているのだと思うわ」

霊耀は月季を見つめた。頰に灯火の影が揺れ、瞳に光が映る。その光のきらめきに吸い寄せられそうで、霊耀は目をそらした。

「ようは『得体が知れないから気をつけろ』とおまえは言いたいんだろう。それは当然だ。俺とて、昨日今日会っただけの相手に全幅の信頼は寄せない。じゅうぶんに気をつける」

月季は黙って灯火を眺めている。

「だが、すべてを打ち明けていないからといって、その相手を信じない理由にはならない」

月季がつと視線をあげて霊耀を見た。霊耀はその目を見返す。月季は黙ったままで、霊耀もそれ以上なにも言わなかった。しばらくふたりのあいだは沈黙が支配した。雨風が強くなってきたのか、雨戸ががたがたと不規則に音を立てた。笛が鳴るような細い風の音も聞こえる。

「……そう。あなたの考えはわかったわ。気をつけて、好きにすればいいわ」

雨風の音にかき消されそうな静かな声で、月季はそう言った。怒っているのか、あきれているのか、どうとも思っていないのか、その声と表情からは判断がつかなかった。

「おまえはどうする？」

月季は一緒には来ない気がして、そう問うた。

「そうね……」月季は思案するようにまた灯火を凝視する。「まだ、わからない。明日の朝決めるわ」

ぼんやりと灯火を見つめる月季の顔は、どこか不安げに映る。揺れる火明かりのせいか。心細い、不安定な幼子のようだ。その顔を眺めているとこちらの胸中まで揺れてくるようで、霊耀はまた目をそらした。ことに、あの瞳。昼日中の陽光の下で見るのとは違った、翳《かげ》のある光を宿している。見ているとなんでも彼女の言うとおりに従わねばならないような気がしてきて、見ていられない。

「俺はもう寝る。おまえも明日に備えて、早く寝ろ」

霊耀は寝台にあがった。しかし月季は灯火の前から動こうともしない。烏衣はすでに自分の寝床で休んでいるはずだ。

「おい――」

雨戸に打ちつける風がひときわ激しい音を立て、霊耀の声を覆った。大きな音に月季の肩がびくりと震える。雨が瓦《かわら》にぶつかる音、細く鋭い風の音、それらは妙に不安をかき立て、霊耀でさえいくらか落ち着かない気分になった。月季は眉をひそめ、腕をさすっている。彼女もこの音がいやなのだろうか。あるいはもっと。

「怖いのか？　外の音が」

月季は眉をよせたまま、霊耀のほうをにらむように見た。

「怖くない理由がある？　嵐で建物が倒壊するなんて、よくあるじゃないの。それにここは島で川に囲まれているのよ。増水で水に浸《つ》かるかも。寝ているあいだに。そう思ったらおちおち寝ていられないじゃないの」

怒ったように早口に言った。

「この高さなら水に浸かることはないと思うが……たしかに倒壊の恐れはあるだろうな」

「どうしてそんなに落ち着いているの？」

「いや、俺も落ち着いているわけじゃないが。どこにいれば安全というものでもなし、それなら眠ってしまったほうがいいだろう」

月季は霊耀をまじまじと見た。

「あなたって、やっぱり驚くほど肝が据わっているわよね」

「そうか……？」

そんなふうに感じたことはないが。

月季はすこし笑った。瞳の妖《あや》しいきらめきは消え、やわらかい表情になる。

「怖《お》じ気《け》づいて変にねじれたところがないもの。受けとめて克服しようとする。すごいことよ。わたしにはできない。わたしはねじれにねじれてしまうから……」

霊耀は月季の言ったことが半ば以上、よくわからなかった。

「おまえの性格がねじれていると思ったことはないが」

「そう？　まだわたしのことをよく知らないのね。今日は一緒に寝てもいい？」

霊耀はぎょっとした。「突拍子もないことを言うな」

「突拍子があればいいの？」

「あのな――」

「からかってるんじゃないのよ。これでも真面目に言ってるの。だってこの嵐で、突然雨戸が壊れたり屋根が吹き飛んだりするかもしれないじゃない？　そういうとき、離れたところにいるより、そばにいたほうが安全でしょ」

がたがたと雨戸が鳴る。すこし前より風がひどくなってきたようだ。月季の言い分は一理あるように思えた。

霊耀は室内を見まわした。壁際に寝椅子がある。霊耀はそちらに歩みよると、寝椅子をひょいと抱えて寝台の脇に置いた。自分の寝具を寝椅子に移す。

「そばにいればいいんだろう。これでいい」

月季は目を丸くしていた。こうした方法は思いつかなかったらしい。

霊耀は月季の寝台から寝具を抱え、自分が使っていた寝台へと運んだ。起こされた烏衣が抗議するように霊耀の周囲をばたばたと飛び回る。褥《しとね》を整え、烏衣の寝床もちゃんと作ってやると、烏衣は満足した様子でそこへ降り立った。

「ほら」

寝台を軽くたたいて促すと、月季はゆっくりと近づいてきた。寝台に腰をおろして、褥を撫《な》でる。

「不満はあるか？」

月季は笑った。「ないわ」

実際のところ、月季は外の嵐の音が怖いのだろう。霊耀はそう察して、そばに寝床を作ったのだ。誰にでも耐えがたく怖いものはある。月季でもそうだろう。

灯籠の火を消して、霊耀は寝椅子に、月季は寝台に横になる。燭台《しょくだい》の火も消すと、まっくらになった。火を消したあとの薄い煙とにおいが漂う。月季が上掛けをひきあげる衣擦《きぬず》れの音がした。嵐の音がうるさいのに、不思議と身じろぎする物音が耳につく。昼間もすぐ隣にいてともに行動しているのに、こうしてそばで寝ているとなると変な感じだった。おなじ室内で寝起きしているのだから、たいして変わらないと霊耀は思ったのだが。

暗闇のなか、すぐそばから月季の吐息が聞こえる。妙な気分になる。霊耀は寝返りを打って反対側を向こうとした。

「霊耀」

動きをとめて、霊耀は月季のほうに顔を向けた。「なんだ？」

「ありがとう」

かすかな声だった。目がすこし慣れてきて、月季の横顔が影となって浮かびあがってくる。

「ほんとうは、わたし、外の音より夜が怖いの。眠るのが怖い。夢を見るから……」

霊耀は、月季が泣きだすかと思った。そんな声をしていた。だが泣き声は聞こえては来ず、代わりにひっそりとしたため息が聞こえた。

月季がこちらを向いた。月季の輪郭が見える。頰のやわらかな線。首から肩にかけての、ほっそりとしたなだらかな線。双眸《そうぼう》が霊耀を捉《とら》えているのがわかる。

「あなたは、わたしがなにも持たない弱い少女だったなら、好きになってくれた？」

嵐の音が、一瞬かき消えた。月季の影とおなじく、くっきりとした輪郭を持って、その言葉は霊耀の耳に響いた。霊耀がなにか言う前に、月季はくるりと背を向けた。それきりふり返ることも、声を発することもなかった。霊耀は固まっていた。

――月季に巫術《ふじゅつ》の才がなかったら。ただのか弱い少女だったなら。

そんな仮定に意味はない。月季は月季でしかないのだから。だが――。

胸に黒い染みが広がるような、いやな気持ちになった。それは己がいやな人間だと自覚することだった。


目が覚めたときには、嵐の音はおさまっていた。雨戸の隙間から朝の光が差し込んでいる。霊耀は何度か目をしばたたいてから、ゆっくりと起きあがった。隣の寝台に顔を向ける。月季の姿はない。

「おはよう」

衝立《ついたて》の向こうから、着替えをすませた月季が現れる。「雨はあがったみたいよ」と言いながら、彼女は雨戸を開けた。軒先から雨粒が滴っているが、その向こうには青空があった。灰色の雲が居残っているので、このまま晴天が保たれるのかどうかはわからない。

「また降るんじゃないか」

ぼんやりと、まだ寝ぼけたまま、そんなことを言った。

「そうかもね。降らないといいけど」

意味のない会話だ。降るか、降らないか、わかるはずもない。

「さあ、顔を洗ってしまって。もう水は用意してあるわ。あなたが起きないから、わたしが階下までとりに行ったのよ」

「ああ……悪い」

ここに来てからというもの、毎日寝坊している。月季が起きるのがやたら早いというだけかもしれないが。

「おまえはちゃんと寝てるのか？　毎朝早いが」

「昨夜はよく眠れたわ。あなたのおかげかしら。どうもありがとう」

月季はにっこりと笑う。昨夜、寝る前にいった言葉などすっかりなかったような顔をしている。あれは霊耀が見た夢だったのか。いや、そんなはずはない。

「霊耀？」

「ああ、いや……」

「ほんとうに大丈夫？　眠れなかったの？」

月季が心配そうな顔をする。

「いや、眠れた。まだ寝起きでぼんやりしているだけだ」

「あなたでも、だらしのないときがあるのね。いつでもちゃんとしてるから、新鮮だわ」

「俺はそんなにちゃんとしてないぞ」

月季がおかしそうに笑った。笑い声が心地よく朝陽のなかに転がる。

「あなたがちゃんとしてないなら、この世でちゃんとしてるひとなんて、きっとひとりもいないわよ」

そんなことはあるまい、と思うが、月季の笑顔が妙にまぶしく映り、言葉が出てこない。霊耀は身支度のために月季を衝立の向こうに追いやり、ふうと息をついた。

支度を終えて食堂に向かうと、そこはよくにぎわっていた。船の転覆やら嵐やらで足止めをくらった人々でどこの宿も満員御礼、食堂もごった返しているそうだ。座れる席がなかったので、ふたりは肉饅頭《にくまんじゅう》をもらって部屋に引き返した。ふたりとも行儀悪く肉饅頭をかじりながら階段をあがる。前に料理屋で食べた肉饅頭とはまた違った味わいだった。朝食用だからか肉餡《あん》は薄めの味付けで、包んだ皮は分厚くふっくらとしている。これもおいしい、昼には前の肉饅頭をまた食べたい、などと月季と言い合い、部屋に至るころにはもうすっかり食べきってしまっていた。

扉を開けようとしたところで、うしろから追いかけてくる足音がして、ふたりはふり返る。使用人が小走りに近づいてくる。

「ご両人、お客さんがいらしてます」

「あら、どなた？」

「北鼓家の長男だと言えばわかるとおっしゃっておいでてしたが――」

霊耀と月季は顔を見合わせる。おたがいの顔に、不安の色が浮かんでいた。

部屋へ招き入れた北鼓家の長男、汀は嵐のなかを漕《こ》いできた水手《かこ》のようなげっそりとやつれた顔をしていた。無精髭《ぶしょうひげ》が生え、目は落ちくぼみ血走っている。その様変わりした姿に息を呑《の》みつつも、月季は落ち着いた様子で椅子をすすめ、自分は立ったま ま、お悔やみを述べた。

「ご次男のことは、残念でした。お悔やみ申しあげます」

汀はふらりと力なく椅子に腰かけ、うなだれる。

「今日は、どのような――」

月季が言いかけたところで、汀はがばりと顔をあげた。血走った目が月季に向けられる。霊耀は身構えるが、汀は立ちあがることも罵《ののし》ることもなかった。

「北鼓は終わりです」

汀の声は驚くほどか細く、震えていた。声につられたように彼の体が小刻みに震えはじめる。

「終わり――とは、どういう意味ですか」

月季が尋ねるも、汀はその言葉が耳に入っていない様子で、勝手に言葉をつづけた。

「こんなことなら、一家で島を出ていればよかった。だができなかった。鼓方一族が幅を利かせることができるのは、この島だけだとわかっていたから」

汀は顔をゆがめ、こぶしを卓に打ちつけた。「だから――だから、こんなことに」

「ご長男、いったいどうなさったんです。なにがあったんです？」

どうやら次男の滄が死んだということだけで心乱れているわけではないらしい、と月季も霊耀も察する。霊耀のうなじに汗がにじんだ。いやな予感がする。なにがあった？

汀は涙のにじんだ目を月季に向けた。目が血走っているのは、夜通し泣いたからだ、とわかった。

「滄の亡骸《なきがら》が帰ってきたあと、母は父を刺し殺し、自らも刺して死にました」

ひゅ、と息が凍りつく。室内がふいに暗くなった気がした。暗く冷たい翳《かげ》が沈黙を包み込む。

「母は、自分の目を刺して死んだんです。哀れな滄の亡骸を見たくないからと」

汀の体はずっと震えている。かすれた声が宙をさまよい、翳をさらに暗く重くする。

月季の顔はこわばり、霊耀も言葉が出ない。

「私は一夜にして家族をすべて失いました。弔いが終わったら、私は島を出ます。もうたくさんだ。董師公、あなたに最初からすべてお話ししていたら、家族は救われたのでしょうか」

汀は疲れた顔で月季を見あげた。

「すべて？」

「鼓方一族に伝わる呪いの話です」

呪い、と月季はつぶやいた。ちらと霊耀を見る。月季と霊耀は汀の向かいの椅子に腰をおろして、彼のほうに身を乗りだした。

「どういうことです？」

「呪いですよ」と汀はくり返した。吐き捨てるような口調だった。

「鼓方の当主が隠そうとしたことです。彼は一族の誰が死のうが、一族の恥を晒《さら》すよりましだと思ってるんです。なんに関してもあのひとはずっとそうですよ。一族の誰かが問題を起こせばもみ消し、あるいは追放し、あるいは見殺しにする。彼はこの小さな島の王だから」

汀は赤い目に涙を溜《た》めたまま、冷ややかに笑った。震えはもうおさまっている。

「傲慢《ごうまん》な男ですよ。うちの父ともよく衝突してた。だけど父は結局立場が下だから、抗《あらが》いきることができなかった。それでこんなことに……。鼓方の祖廟《そびょう》へ行ったことはおありですか？　ああ、あるんですね。あそこに初代当主の像があるでしょう。いまの当主と顔がよく似てる。本家にはね、いつもああした顔立ちの男が生まれるんだそうですよ。そういう血筋なんでしょうが、不思議と跡継ぎ以外は母親似です。これも一種の呪いかもしれません」

ふう、と汀は息を吐いた。それで一気に力が抜けて、体がひとまわり縮んだようにさえ見えた。

「お疲れでしょう」

月季が立って、衝立の向こうに消えたと思うと、器を持って戻ってきた。それを卓上に置く。蓮《はす》の実の菓子だ。

「どうぞ、召しあがって」

月季は器を汀の前に押しやった。汀は戸惑った様子だったが、ひと粒つまんで、口に入れる。汀の顔のこわばりが、ほっと緩んだのがわかった。使用人が運んできた茶に手を伸ばし、ひと息に飲み干す。茶はすでに湯気も立たず、ぬるくなっている。それでも汀は生き返ったような目に戻った。

「ありがとうございます。思えば昨夜から食事が喉《のど》を通らず、なにも食べてなかった」

いま気づいたように言った。月季が「なにか軽く召しあがったら」と言って霊耀に目配せしたので、霊耀は部屋を出て食堂に向かい、肉饅頭を買ってきた。使用人に頼んであたたかい茶も用意してもらう。汀は肉饅頭をはじめて食べるご馳走《ちそう》のようにおいしそうに平らげた。あたたかい茶を入れた杯を両手で持って、ゆっくりと大事そうに飲む。飲み終えて、ほう、と息を吐くころには、ずいぶん顔色がよくなっていた。

「ありがとうございます」汀は空の杯を両手で包み込み、涙ぐんでいる。「気が動転していて……ようやく、まともにものを考えられている気がします」

――無理もないことだ。家族をひと晩のうちに喪《うしな》ったのだから。

霊耀も月季も急《せ》かすことなく、汀がふたたび口を開くのを待った。

「あなたがたは、青衣娘娘をご存じのようでしたね」

汀が顔をあげ、そう言ったときには、声は震えてもかすれてもいなかった。聡明《そうめい》そうな、穏やかな声音だ。

「小耳に挟んだ程度ですが」と月季はうなずく。「詳しくは存じません」

「青衣娘娘は、鼓方一族が祀《まつ》る女神です。初代のころから祀っているそうです。なぜ祀るようになったかといえば、祟《たた》りがあったからです」

明瞭《めいりょう》な口調で端的に汀は語りはじめる。

「ことは初代がこの島へと渡ってきたところからはじまります。彼は沙文という遠い異国からやってきました。ひとりではありません。彼は主人に仕える従者でした。主人とその妻、もうひとりの従者や侍女とともに、彼は島へと辿《たど》り着いた」

ですが、と汀は目を伏せる。

「彼には企《たくら》みがありました。主人夫婦を殺して、財産を奪ってしまおうという企みです。彼はまず主人の妻を殺した。それから主人を殺し、もうひとりの従者を殺し、侍女をも殺した。そして財産を独り占めしてしまうと、それを元手に商売をはじめた。最初は渡し船で、そのうち物も運ぶようになり、船は増え、水手も雇い、順調に商いは大きくなっていきました。島の長のような立場にあった人物の娘を嫁にもらい、子をもうけ、成長し、孫も生まれた。そんなときです。嵐が起こった。例年にないほどひどい、大きな嵐でした。青湖の水の色が黒く変じました。その数日後、娘のひとりが死んだ。それがはじまりでした」

まだ嫁いでいない、妾《めかけ》に生ませた若い娘だった。

「その娘の幽鬼が、息子のひとりのもとに現れました。幽鬼は息子を指さした。息子も死んだ……」

いま起こっていることとおなじである。

「こたびとおなじく、死はくり返されました。幽鬼が現れ、つぎに死ぬ者を指名する。大きな嵐が来るたび、それは起こりました。死ぬ者の順番は決まっています。若い娘、壮年の男、若い男、若い娘の順です。――初代が殺した者たちとおなじ数、おなじ順序で」

汀はひとつ、息をついた。ふたたび話をつづける。

「なぜこんなことが起こるのか、初代は考えた。殺した者たちの怨念《おんねん》、祟りであろうと、すぐに思った。こうなるかもしれないという恐れが、彼にはあったんです。なぜなら、最初に殺した主人の妻、彼女は高位の巫女《みこ》だったから」

「巫女？」

月季が思わずといった態《てい》で口を挟んだ。汀はうなずく。

「沙文のほうでは、そうした巫女がいるのだと、海商から聞いたことがあります。巷《こう》間《かん》の小銭稼ぎのようなちゃちな巫女ではない、ほんとうに神に仕える神聖な巫女なのだと。そんな巫女がどうして故郷を捨てて霄にやってきたのかわかりませんが、ともかく初代が殺したのは巫女でした。初代は彼女を恐れるがゆえに、まず殺したのです。しかし恐れていた事態が起こった……」

初代の人殺し。それによる祟り。なるほど、一族の恥として口に出来ぬはずである。

霊耀は知らず知らず、眉間《みけん》に皺《しわ》がよっていた。

「初代は祠《ほこら》を作り、青衣娘を祀りました」

「それでも、祟りは続いているのですね」月季が言う。汀はやはりうなずく。

「だから、初代は一族を増やしたんです」

「一族を増やす？」

「息子たちに第一夫人、第二夫人、妾とあてがい、とにかく子を産ませた。分家は増え、一族の者はますます増えた。──わかりますか。そうすれば、一族は絶えぬからです。どれだけ死んでも、それ以上に子を作ればいい。そう考えたんですよ」

汀はまた目を伏せた。恥じているのだと、霊耀はわかった。

「最低です。死ぬために子を作らせる。そうして鼓方一族は増え、島に根を張っていったのです」

霊耀は小さくうなる。死ぬとわかっていて、いやむしろ死なせるために子を作る。まるで生贄《いけにえ》のようではないか。霊耀にはとうてい思いつかぬ所業だった。

「……ご長男」月季が静かに口を開いた。「いまの話からすると、ではもうひとり、死人が出るのですね」

若い娘、壮年の男、若い男、若い娘──死ぬ者の順番はこうだ。東鼓寄娘、鼓方洪、北鼓滄。あとは、若い娘ひとり。

「ご次男の幽鬼は、どこへ現れるとお思いですか」

汀はしばし考える顔をした。

「若い娘となると、東鼓か本家にしか……いや、東鼓はもう一家で島を出たんでしたね。それに東鼓のほかの娘はすでに何年も前に島外へ嫁いでいたな。そこまで祟りが及ぶとなるとわかりませんが、本家に二十歳の娘がいます。病弱ゆえにどこにも嫁いでおりません。母親は妾でしたが、やはり体が弱く、娘を産んで亡くなりました。彼女より上の娘は嫁いでいて、下の娘は十四かそこらです。祟りで死ぬ若い娘は、いつもおよそ二十歳前後です。巫女と侍女がその年頃だったのでしょう」

本家の娘か、と霊耀は考え込む。あの当主の様子なら、平然と犠牲にしそうだが。

──それではあまりに哀れだ。

「正直、私はどこへ滄の幽鬼が現れようと、見たくはありません。哀れな幽鬼となった弟の姿など」

顔をゆがめ、苦しげに汀は言った。理解を示すように月季はうなずいた。

「わたしは本家へ行ってみます。あなたは、島の外に頼るような知り合いはいらっしゃるの？」

「商売相手の伝手《つて》があります。そちらで雇ってもらえるよう、頼むつもりです」

このひとなら大丈夫だろう、と霊耀は思う。

汀は頭をさげた。

「董師公、私が頼めた義理ではありませんが……もし救えるのであれば、本家の娘を助けてやってください」

「努力はします。せっかくあなたが一族の祟りを教えてくださったのですから」

汀は月季を見あげ、もう一度頭をさげると、席を立ち部屋を出て行った。

「本家へ行くのか」

汀の出て行った扉から月季のほうへと顔を向け、霊耀は尋ねる。

「そうするしかなさそうだもの」

気乗りしない表情で月季は答えた。

「行きたくないのか」

「だって、話は聞いたけれど、どうしたらいいかはわかっていないのよ。幽鬼は祓《はら》えるけど、祟りはわからない。祟りを祓う方法なんて、あるのかしら」

それは霊耀にもわからなかった。

「あなたはどうするの？　渓のところへ行くの？」月季は逆に訊《き》いてくる。「もう一族の秘密はわかったわ。ほかに渓に訊きたいことがある？」

「そうだな……。祟りを祓う方法、もしそれを彼が知っていたら――」

渓は一連の出来事を青衣娘娘の神罰だと言っていた。初代の殺した巫女の祟りという意味だったのだ。彼はもし死者が出るのを防ぐ方法があったとしても、防ぎたいとは思わないとも言った。もしかすると、その方法を実は知っているのでは――と思うのは、考えすぎだろうか。

そんなことを月季に話すと、彼女はすこし考え込み、

「あり得るかもしれないなら、たしかめたほうがいいでしょうね。いま、わたしたちはどうすべきかなんにもわかってないんだもの」

「じゃあ、俺は渓のところへ行く。おまえは本家へ行く。──ひとりで大丈夫か？」

月季はくすりと笑った。

「烏衣がいるわ」

それに答えるように、烏衣が衝立《ついたて》の向こうから飛んできて、月季の肩にとまった。

空はまた、どんよりとした雲に覆われつつあった。

月季はそれを見あげて、そう遅くないうちに雨になるだろう、と思った。

行く手には本家の屋敷が見える。霊耀は小舟で渓の家へ向かっているはずだ。彼は月季にひとりで大丈夫かと訊いたが、それはむしろ月季が訊きたいことだった。

──大丈夫かしら。

霊耀は賢いが、真面目すぎる。真面目だから、なんでも真正面から取り組もうとする。月季のように騙《だま》したり脅したり策を弄《ろう》したりしない。それが霊耀のいいところでもあるのだが。

やはり、一緒についていけばよかったか。だが、北鼓滄の幽鬼の行方も気になる。東鼓寄娘の幽鬼が洪のそばに近づき、指をさすまでは何日もかかっていた。それが洪の幽鬼が滄を指さすまでは、わずか一日足らず。なぜかはわからないが、急がねばならないのは間違いないだろう。

それに、霊耀とともにいるのは、なんとはなしに気まずさがあった。昨夜、言わずともよいことを言ってしまった。どうしてだろう。言うつもりなどなかったのに。もし月季がなにも持たない弱い少女だったら——などと。

霊耀は答えなかった。だが、その沈黙のなかに彼の動揺を感じた。月季は彼の罪悪感を呼び起こしてしまった。彼が月季を厭《いと》うのは彼女の才のせいだと眼前に突きつけた。そんなことをするつもりはなかったのに。

最悪だ、と思う。彼の性格からして、もとよりそのことでじゅうぶんに葛藤《かっとう》し、悩んでいるはずなのだ。真面目だから。彼は耐えられるのだろうか、封家の跡を継ぐためだけに月季と添い遂げることに。自分の利益のために相手を利用するなどということは、霊耀の潔癖なまでに厳格な精神に負荷しかかけぬのではないか。

——あのひとは、もっと怠惰になっていいと思うけれど……。

自分に厳しすぎる。しかし彼にとっては、それがあたりまえなのだ。

婚約を解消するなどと言い出さないといいけれど、と月季は嘆息する。そうなったら泣き落としでもなんでもして、やめさせるが。

月季は霊耀を手放したりしない。すがりついてでも離れない。彼を失うことになったら、どうなるかわからない──あの化け物が。

月季はあれが恐ろしい。またいつか、月季の前に現れるのではないか。そう思えてならない。月季が誰かを憎み、恨み、絶望したとき。心の底に暗く淀《よど》んだなにかが生まれたとき。あれが牙《きば》を剝《む》き、爪を立て、また誰かを引き裂いて殺してしまうのではないか。

ぶるりと震えた。月季は腕を抱き、かぶりをふる。考えてはいけない。あの化け物のことを。また夢に見てしまう。

屋敷の門が見えてきた。その門前に幽鬼の姿はない。安堵《あんど》すべきなのか、どうか。もうすでに屋敷のなかにいたら。

門の手前に立ち、正面から訪《おとな》うべきか、裏門に回りまた使用人から切り崩すべきか、迷う。逡巡《しゅんじゅん》していると、「もし……」と背後から声をかけられて、月季はびくりとした。考え込んでいて、うしろから来る者にまったく気づかなかった。ふり返ると、四十絡みの女がいた。不安げな面持ちをしている。

「驚かせてしまい、申し訳ございません。わたくしは鼓方家でお嬢様の侍女をしている者でございます。董師公でございましょう?」

彼女は声をひそめ、門のほうをちらちらと心配そうにうかがっている。内密の話らしい。月季は「董月季です」とうなずき、門のなかから見えぬよう、塀に身を寄せた。

侍女はほっとした様子でおなじく塀のそばへ寄り、「ありがとうございます。旦那様《だんな》に知られますと、おすがりできぬので……」と言った。

お嬢様の侍女、おすがり——月季はぴんときた。「幽鬼が現れましたか」

侍女の顔に驚きと敬服がよぎる。

「やはり、おわかりになるのですね。ああ、あなた様にお頼みするしかございません。お嬢様をお救いくださいませ」

侍女は月季の手をとり、懇願する。「死んだという北鼓家の次男が、お嬢様の部屋の前に立っているのです」

「部屋の前に……。いつから？」

「いつからかは、しかとはわかりません。気づいたのは昨日の宵です。日が暮れて、使用人が門を閉めようとしたところ、門前にいる幽鬼に気づきました。それからひと晩のうちに門のなかへ入り、お嬢様の部屋の前に……」

北鼓滄がいつ事切れたのかははっきりとはわからないが、月季たちが彼の亡骸《なきがら》を見つけたのは日没時だ。夕方に死んだと仮定すると、それからひと晩がたち、いまは朝。東鼓寄娘の幽鬼が鼓方洪に近づき、指をさすまでのあいだとも違えば、洪の幽鬼が滄を指さすまでのあいだとも微妙に違う。宵からいてひと晩たっても、滄の幽鬼はまだ指をさすに至っていない。洪の幽鬼が最も早い。

——もしや、初代がそれぞれの犠牲者を殺すまでの間隔なのだろうか。いっときに殺したのではなくて、ひとりずつ、日を置いて殺した……あるいは相手が逃げたために、捕らえて殺すまでにかかった日数……。

いや、考えてもしかたない。そうだとしても、滄の幽鬼がいつ娘を指さすか、月季にはわからないのだ。

「あの幽鬼が現れて、ひとを指さすとその者は死ぬのでございましょう？　洪様だってお亡くなりになった。それなのに、旦那様はなにもしようとなさいません。しかたのないことだとおっしゃって……。巫術師《ふじゅつし》に頼ることもならぬと」

青ざめた顔で侍女は声を震わせた。

「信じられません。旦那様は、おひとが変わったよう……。もともと、誰の言うことも聞かぬおかたではございましたが、それでもお子様がたはかわいがっておいでで……洪様が独り立ちなさるさいにも、そのお膳立《ぜんだ》てをなさって、それで洪様はあのような立派な旅館を営めたのですよ。ことに病弱で床を離れられぬお嬢様のことは、大事になさってました。それが、しかたがないだなんて……」

信じられません、と侍女はくり返した。月季は考え込む。傲慢《ごうまん》だが子供のことはかわいがっていた当主。それが変わってしまった。

「そんなふうにお変わりになったのは、いつから？」

侍女は目をしばたたく。「そう前ではございません。ごく最近のことでございます」

「ごく最近……こないだの大嵐が来たあとではないかしら」

あっ、と侍女は小さく声をあげた。

「ええ、そう、さようでございます。湖の色が変じたという知らせを聞いて……それで、ひどく顔色を悪くなさっていて……ええ、その翌日くらいから、なんだか冷たいような態度になってしまわれて」

「湖の色が変じたと、誰が知らせに？」

わかってはいたが、月季は確認した。

「鬼鼓の若者です。……あのひとも、もとはこのお屋敷にいた旦那様のご子息です。お子様でいらっしゃるのに、旦那様はあの日、彼をひどく罵《ののし》って追い返しました。怒って興奮しておられて――翌日にはもうそんな様子はございませんでしたが、代わりにひとが変わったようになられました」

当主が激怒したのは、わかっていたからだろうか。これから一族の者がつぎつぎ死ぬことになると。渓に怒ってもしかたないわけだが。

――それとも、渓が怒らせるような言いかたをしたのかしら。

いずれにせよ、そのあとから当主は変わってしまった。かわいがっていた娘が死んでもしかたないと思うほどに。

──それはどうして……？

「洪様が助けを求めていらしたときもそうです。旦那様は、すげなく追い返してしまって」

「助けを求めに？」

使用人の老爺《ろうや》が聞いていたやりとりだろう。

「幽鬼をなんとかしてくれ、というようなことを必死に訴えておられたようで……でも、ろくに話も聞かずに追い出してしまいました。まったく旦那様は、どうしてしまったのでしょう」

侍女が洟《はな》をすする。

「わたくしはお嬢様が赤子のころは乳母としてお仕えしておりました。お体が弱くて、ろくに外に出かけることも嫁ぐこともできないおかたです。あの幽鬼も、なにもそんなお嬢様を選ばずともいいのに」

祟《たた》りは事情を斟酌《しんしゃく》しない。若い娘であるというだけで、この家の娘は死ぬ。月季は眉《まゆ》をひそめた。猶予はどれくらいあるだろう。どうしたら助けられるのか。

「ひとまず──護符をお渡ししましょう」

月季はそう言った。鼓方洪が京師へ依頼に来たとき、護符を渡した。月季が島に着いたときにも、もう一枚。北鼓滄には渡していない。ふたりの違いといったらそれだ。

もし、それが猶予を与えたのだとしたら？　死を防ぐことはできなかったが、時を稼ぐことはできていたのだとしたら。

──やってみるしかない。

「お嬢様のところへ案内してください」

月季は侍女の案内で、当主に見つからぬよう、こっそりと屋敷内へ入った。渡り廊下を歩き、屋敷の奥にある一室の前で侍女は足をとめる。月季は部屋の前の庭に立つ男に気づいた。頭から足まで、ぐっしょりと濡《ぬ》れそぼった姿。生気を失った白い肌。北鼓滄だった。うなだれて、うつろな目をしている。

月季はその横顔をじっと見つめた。唇を噛《か》んで、目をそらす。ふたり。月季がこの島に来てからふたり死んだ。幽鬼になった。情けなさと焦燥で胸が焼けつくようだ。

──なにが稀代《きたい》の巫術師だ。

肩も足も重い。息苦しい。あまりに己が不甲斐《ふがい》なさすぎて。

侍女が扉を開けて待っている。月季は重い足を動かして、部屋に入った。

薄暗い室内の奥、寝台に若い娘が寝ている。薄い、とまず月季は思った。横たわる体に厚みがない。それほど細い体をしているのだ。彼女の病歴が長いことを思わせた。

「お嬢様、董師公をおつれしましたよ」

侍女がひそめた声で告げる。娘はゆっくりと顔を月季のほうへ向けた。青白い顔だ。頬がこけて、唇には血の気がない。まなざしはやさしい――いや、弱々しい。

「……いいと言ったのに」

かすれた声が響く。娘はかすかに笑みを浮かべ、困ったように侍女を見ていた。

「どうせわたしは長くないのだし、お父様がしかたないとおっしゃるなら、しかたないわ」

夕食には鴨肉が食べたいわね、とでも話すかのような軽やかさで、彼女は言った。暗さもあきらめも悲壮感もない。ただ受け入れている。

月季は侍女を見た。侍女はうつむき、肩を震わせている。月季は唇を引き結び、寝台へと近づいた。ふところから護符をとりだす。娘の手をとり、護符を握らせた。

「持っていてください」

娘は護符を眺め、顔をあげて月季を見た。

「これを持っていたら、元気になるかしら」

邪気のない声だった。月季は言葉に窮して、娘の手を離した。娘はふわりと笑う。

「ごめんなさい、冗談よ。わたしも幽鬼は怖いから、持っています。ありがとう」

娘はつと月季の肩に目をとめる。そこには烏衣がとまっていた。

「かわいらしい燕《つばめ》。名前はなんというの？」

月季はほほえんだ。「烏衣です。——この子の名前を最初から訊《き》いてくださったのは、あなたがはじめてですよ」

月季は部屋を出た。幽鬼はあいかわらず庭に立っている。どうかそれ以上、近づいてこないで、と月季は祈った。

きびすを返したとき、月季はぎょっとして思わずあとずさった。

鼓方の当主・淵がいたのだ。

「ここでなにをしておられるのかな。招いた覚えはないが」

淵のこめかみがぴくぴくと痙攣《けいれん》していた。低い声から怒気が伝わってくる。背後にいた侍女が息をひゅっと吸い込むのがわかった。彼女がなにか言う前に、月季は口を開いた。

「幽鬼を追ってきたのです」

淵の眉が動く。「追って？」

「北鼓滄殿が亡くなって、きっとまたその幽鬼が鼓方一族のどこかへ現れるのではないかと思いました。そうしたら、やはりこちらのお屋敷の門前におりましたので——」

「嘘をつくな」

突然、淵は激昂《げきこう》した。唾《つば》を飛ばして怒鳴る。「滄の幽鬼が現れたのは昨夜のうちだぞ。なぜいまになっておまえはここに来たんだ」

淵の剣幕に月季は気圧《けお》されて、しばし声が出なかった。いきなりこうも怒り出すとは思わなかった。北鼓家で会ったときは、傲岸《ごうがん》ではあったが悠然とした風格がまだあったというのに。

「出て行け。さあ、早く。さっさと出て行け」

淵は大股《おおまた》に月季に近づくと、その腕をつかんで引っ張った。驚くほどの力だった。月季は指が腕に食い込み、下手に逆らえばすぐさま折られてしまいそうな力だった。月季は引きずられて歩くしかない。侍女が蒼白《そうはく》になりあとを追いかけようとするのを、月季はかぶりをふって制止する。部屋に戻れ、と淵から見えぬよう手で合図して、引きずられていった。

大きな屋敷だ。娘の部屋があった奥から表側まで、ずいぶん距離がある。その間、出くわす者もいなければ、部屋から出てくる者もいなかった。しんと静まりかえっている。屋敷には当主の長男と次男もいるはずだ。使用人もたくさん。それがひとりも出てこない。部屋のなかで息を潜めている気配がする。彼らは怯《おび》えているのだ。この当主に。ひとが変わってしまった、冷たく荒々しい当主に。

月季は門から外へと文字通り放りだされる。その拍子に、烏衣は月季の肩からあわただしく飛び立った。地面に転がった月季を淵は見おろしている。その瞳《ひとみ》を見あげて、月季は背筋が寒くなった。暗い空洞のような瞳だった。

——異様だ。

瞳に暗い輝きが宿っている。

淵が足をあげる。よける間もなく、月季の右手が踏みつけられた。悲鳴が口をついて出る。淵がかがみ込み、月季の胸ぐらをつかんだ。

「よけいな手出しをするんじゃない」

頬に衝撃が走った。月季は地面に倒れ伏す。殴られたのだと、痺《しび》れる痛みに知った。全身が震えだす。思い出したからだ。外聞を気にする継母に顔を殴られたことはなかったが、服で隠れる部分にはさんざん怪我を負った。

青ざめて震えている月季を見おろし、淵はふんと鼻を鳴らすと去っていった。彼の姿が見えなくなっても、月季はしばらくその場を動けなかった。

ようやく震えがおさまり、立てるようになると、月季は頬と手の痛みをこらえて歩きだした。

月季は鬼鼓の家にいるであろう霊耀のもとへ向かうため、鼓方の屋敷の裏手から祖《そ》廟《びょう》へとつづく道を歩いていた。祖廟から青湖へと出て、そこから藪《やぶ》のなかの道を行けば鬼鼓の家である。

この傷を見たら、霊耀はどう思うだろう、と月季は憂えた。

霊耀のことだから、責任を感じるに違いない。彼は彼の父親から、月季の護衛を言いつかっていたのだから。

——どう言えば霊耀の気が楽になるかしら。

殴られた痕《あと》はおそらく痣《あざ》になっているだろうが、数日で消えるだろう。月季は霊耀の父親にこのことを言いつけはしない。そう告げれば、霊耀もすこしは安心できるだろうか。

祖廟の前まで来た月季は、門のなかへと足を踏み入れた。頰を冷やすための水が欲しい。ここなら井戸なり、湖から引いてきた水場なりがあるはずだと思った。廟の清掃のためには不可欠だからだ。

楼閣の横手に向かうと、やはり井戸があった。月季は手巾《しゅきん》を水で濡らすと、頰にあてた。熱を持った頰が冷えて、気持ちいい。月季は頰に手巾をあてがったまま、楼閣の入り口に立った。壇上に塑像が見える。錦《にしき》で着飾った鼓方家初代当主の像。その顔は、やはりさきほど月季を殴った男の顔によく似ていた。金糸銀糸を豪奢《ごうしゃ》に織り込んだ錦の衣がきらめく。生きている者より贅沢《ぜいたく》な衣だ。ところどころ、きらりと強く輝くところを見ると、もしかしたら珠玉でも縫い付けられているのかもしれない。月季はそのまばゆさに目が眩《くら》み、顔を背けて門へと足を向けた。

第五章　嵐

霊耀は舟で岸辺に着くと、鬼鼓の家へと向かった。

「渓、いるか？」

垂らされた莚《むしろ》の前で尋ねる。なかから返ってくる声はない。留守か、と霊耀は周囲を眺める。湖か、あるいは廟へ行っているのだろうか。

霊耀は家のうしろを確認する。野放図に茂った木と藪ばかり――いや、小さな盛土がある。こんもりと椀《わん》を伏せたような形。塚だ。新しいものではない。土の上には草が生えている。鬼鼓家の墓なのだろうか。

「誰だ」

鋭い声がして、足音が近づいてくる。渓だ。彼は霊耀だとわかると、「なんだ、あんたか」と表情から険しさを消した。

「よく来るな。今度はなんの用だ」

「ここにあるのは、鬼鼓家の墓なのか？」

渓の問いには答えず、べつの問いをした。どう切りだしていいものか、わからないからだ。

「そうだ」渓は塚をちらと見て、答えた。その表情にほんのわずか、哀切な色がよぎる。

「これは爺《じい》さんの墓だ。向こうに昔からの墓があるが、見てのとおり、藪がすごいんで手がつけられない。だからこっちに埋めた」

淡々とした声音だったが、かえって霊耀はそこに悲哀を感じた。

「お爺さんは、いつ亡くなったんだ？」

「なんでそんなことを訊《き》くんだ？」

渓はじろりとにらんだ。

「いや——大事な家族だったんだろうと……すまん、安易に訊いて悪かった」

何気なく訊いてしまったことを後悔する。渓は表情をやわらげた。

「三年前だよ。湖で溺《おぼ》れたあと、熱を出して死んじまった」

湖で溺れた。霊耀は眉《まゆ》をひそめたが、それ以上は訊かなかった。

「それで？　今日はなんの用だ」

「ああ……」霊耀は言葉をさがす。「鼓方一族の祟《たた》りについては、わかった。初代のやったことも」

渓はぴくりと眉を動かす。

「へえ。誰が話したんだ？　鼓方に話すやつがいるとは思わなかった」

言ってもいいものかどうか、霊耀は逡巡《しゅんじゅん》する。渓は笑った。

「言わなくていいぜ。興味もないからな」

「……それで、祟りを祓《はら》う方法がないか、調べてる」

「あんたは神罰を祓えると思うのか？　殺された青衣娘娘の恨みが晴れると？　俺は無理だと思うね」

「まったく方法はないのか？　難しかろうとなんでも――」

「ない」

渓はすげなく言った。「あるんなら、とっくにやってるだろ」

「それはそうだが」

「あの娘巫術師《ふじゅつし》――月季だったか、あいつはなんと言ってるんだ？」

「月季も祓うすべをさがしているところだ。いまは鼓方本家にいる」

「本家に？」渓が眉をひそめる。

「なんだ？」

「このところ、当主は機嫌が悪い。気が短く、すぐ怒鳴る。手も出る。使用人たちは、ひとが変わったようだと怯えているぞ。――ひとりで行かせたのか？」

霊耀は戸惑う。「前に本家の当主とは会ったことがあるが、そんな様子は見受けられなかったが」

「急に激昂《げきこう》するんだ。俺も怒鳴られて追い返されたことがある」

不安を覚えた。一緒に行くべきだったか。だが、月季ならうまくやり過ごせるのではないか、とそんな気もした。さすがにあの当主も暴力をふるったりはしないであろう。しかし――と考え込んでいると、「いまからでも行ったほうがいいんじゃないか」と渓が促す。

「そうだな」霊耀はうなずいた。

本家に向かうため、まず青湖を目指した。藪をかきわけ、霊耀は渓のあとをついてゆく。

「こう言っちゃなんだが」

渓は藪を払いながら言った。「もう鼓方洪は死んだ。北鼓滄も死んだ。残るはあとひとりだ。間に合うと思うのか？　祟りを祓うなんて」

霊耀は転ばぬよう、足もとを注視したまま答える。

「やるだけのことは、やるべきだろう」

「やるだけのこと、ねえ……そうあるとも思えないが」

「月季ならば、できるかもしれない」

――俺には無理でも。

渓が無言で霊耀をふり返る。霊耀は黙って歩いた。そのうち視界が開けて、湖の畔《ほとり》に出た。空には鈍色《にびいろ》の雲が厚く垂れ込め、それを映す湖の水面も薄暗い。湖上の楼閣も暗く翳《かげ》って見えた。

「なぜここに青衣娘娘が祀《まつ》られているかは、聞いたか？」

湖を眺め、渓が訊いた。いや、と霊耀は首をふる。

渓は薄く笑い、湖を指さした。

「初代は殺したやつらの骸《むくろ》を、この湖に沈めたからさ」

霊耀は思わず湖を見た。ここに――。

「ひとり、またひとりと殺してここに沈めた。あるいはここで溺死《できし》させたのかもしれんが。細かいことはわからない。鼓方一族が神罰で死ぬときも、湖で溺れ死ぬ者は多い。彼らはこの湖に引き寄せられるんだ。呼ばれるんだろう。青衣娘娘に」

霊耀は洪のことを思い出していた。彼はこの湖で死んだ。なぜここに来たのか。青衣娘娘の祠《ほこら》があるから？　祠がなんだというのだろう。彼はなにをしに来たのだろう……。

「あの祠のなかを見ることは、できないのか？」

「祠のなかを？」

渓は首をすこしかしげる。「べつに、見ればいい。鍵《かぎ》はかかってない。とりたてて値の張るものも貴重なものもないからな」

「廟《びょう》の像は飾り立てられていたが」

「あれとは違う。もっと素朴だ」

どんなものかわからないが、あとで見せてもらうことにして、霊耀は本家の屋敷へとつづく道へ向かおうとした。湖を取り囲む林のなかにその道はある。木立に挟まれた道は入り口あたりまでしかよく見えない。その木立のあいだから、誰かが現れた。黒衣の若い娘。月季だ。

月季は霊耀に気づくと、足をとめた。彼女は頬に手巾《しゅきん》をあてていた。霊耀を見て、驚いたように目をみはっている。

霊耀は月季に駆けよった。

「おい、どうした、それは――」

月季がなにか言う前に、霊耀は手巾を彼女の頬から外した。霊耀の口から呻《うめ》き声が洩《も》れる。頬に痣《あざ》があった。あきらかに殴られた痕《あと》だった。頬だけでなく、右手にも痣がある。

「当主がおかしいわ」

あっさりとした口調で月季は言った。「使用人も言ってる。ひとが変わったようだと。娘の部屋の前に北鼓滄の幽鬼が立っているのに、平気な顔をしているわ。それどころか、よけいな手出しをするな、ですって」

「それで当主に殴られたのか？」

月季はうなずき、ばつが悪そうに霊耀を見あげた。なぜそんな顔をするのか、わからない。

「怒ってる？　あなたをつれていかなかったから」

「なにを――」

別行動を選んだのは、月季のせいではない。むしろついていかなかった霊耀が悪い。護衛なのに。父の言葉が脳裏によみがえる。月季は巫術師としては優秀だが、若い娘には変わりない、と。護衛が必要だったのは、こういうときのためではないか。後悔が一気に押し寄せる。霊耀がそばにいれば防げた。顔を殴らせるような真似はさせなかった。

「お父様には黙っていてね。わたしも言わないから。こんな傷は数日たてば消えるわ。黙ってたらわからない。もし知られたら、わたし、自由に出歩くことも禁じられそうだもの」

月季は懇願してくる。霊耀は混乱した。逆ではないのか――月季が怪我をしたと知られて困るのは護衛の霊耀のほうで、月季が頼んでくることではない。なぜ。

「あんたはこの男の性格をよくわかってるんだな」

渓が感心したように言った。「そんなふうに言えば、こいつは自分を責めないですむと」

月季が渓をにらんだ。霊耀には見せたことのない、攻撃的な顔だった。戦闘態勢に入った猫のような。

「あなたが口を挟むことじゃないわ。黙っていて」

それはひどく冷ややかな声だった。渓は含み笑いをする。月季の眉が吊《つ》り上がった。

渓に食ってかかりそうな月季を、霊耀は押しとどめる。

「ちょっと待て。俺だけ事態が呑《の》み込めていない」

月季が霊耀を見あげた。霊耀は月季と渓の言葉を整理して、口を開く。

「おまえは――つまり、おまえが怪我をした責任を俺が感じないように、勝手な行動をした自分が悪いのだと言いたいわけか」

「そう言ったら身も蓋《ふた》もないわね」月季はぷいと顔を背ける。「渓のせいでだいなしだわ」

「なぜそんなことを？」霊耀は問う。

「なぜ？」月季は目を丸くして訊《き》き返す。

「おまえは俺の許婚《いいなずけ》だが、そこまでして俺を庇《かば》う義理はない」

「まあ」月季はますます目を丸くした。それ以上出てくる言葉がないようで、ぽかんとしている。渓が声もなく笑っているので、月季は険悪な顔で彼をにらんだ。

「べつにあなたを庇ってじゃなく、さっきも言ったように結局わたしの自由が制限されるかもしれないからよ。それでいいでしょ」

口早に月季は言って、

「それよりいまは、仕事の話よ。鼓方一族の祟《たた》りの話」

と切り替えた。

「さっきも言ったけれど、娘の部屋の前に滄の幽鬼が立ってる。娘には護符を渡してきたわ。どこまで効果があるかはわからない。でも、きっとないよりはまし。猶予はできたはず。そのあいだに祟りをなんとかしたいの」

「なんとか、といっても――」

「わたしたちにはまだ知らないことがある。聞いた話はまだ完全じゃないわ。なぜ鼓方洪はこの湖に来たの？　なぜ嵐のたびに祟りが引き起こされるの？　なぜ鼓方の当主はああもひとが変わってしまったの？　青衣娘娘はなぜこの湖に祀られているの？　この湖はなんなの？」

月季は疑問を数えあげた。そういえば、と霊耀はさきほど渓に聞いたばかりの話をする。

「初代に殺された者たちは、この湖に沈められたんだそうだ。だから青衣娘娘はここに祀られている。渓がそう言っていた」

霊耀は渓に目を向ける。渓はうなずいた。

「この湖に……」つぶやく月季に、渓は「もうひとつ、面白い話がある」と桟橋のほうに歩きだした。

「さっき祠のなかを見てみたいと言ってたろ。見せてやるよ」

霊耀のほうをふり返り、促す。霊耀と月季は彼のあとにつづいた。

「青衣娘娘が初代に殺されて、この湖に沈められてからしばらくたったあと、不思議なものが湖畔に打ちあげられた」

桟橋を歩きながら渓は話しはじめる。

「不思議なもの？」月季が問う。

「大きな鱗《うろこ》のようなもの。深く濃い藍色《あいいろ》で、螺鈿《らでん》のように輝いていた。初代はそれを細かく砕いて鏡の裏に螺鈿細工として張り、家宝とした。それは美しい代物で、嵐の来る前になると妖《あや》しく輝くんだそうだ。――で、それはこの祠に祀られているとされる」

渓は楼閣に辿《たど》り着き、扉を開けた。なかは狭く、薄暗い。中央に像があるのがわかった。青い衣を着た女人像だ。美しい顔をしているが、塗られた胡粉《ごふん》はもうほとんど剝《は》げている。衣は祖廟の像と違って上から布地を着せているのではなく、塑像に彩色したものだ。そこに塗られた青は不思議と落剝《らくはく》することも褪《あ》せることもなく美しい色をしている。顔料の違いか。それとも、これでももとの色とは違うのか。

像の膝《ひざ》には、丸い鏡が一枚、置かれていた。像の両手で抱えるような具合になっている。表面は曇り、影が映り込むばかりだ。渓はひょいとその鏡を手にとった。その気安さに驚く。渓は霊耀と月季をふり返り、唇に皮肉な笑みを浮かべた。鏡を裏返す。そこには浮き彫りがあるばかりで、さっき渓が言っていたような美しい螺鈿の細工などなかった。

「これは——？」

霊耀が鏡と渓を見比べると、

「見てのとおり、偽物さ」

と渓は軽く言った。

「偽物？」

霊耀と月季の声が被《かぶ》る。

渓は霊耀に鏡をさしだした。受けとり、ためつすがめつするが、古い鏡である。安物とは言わないが、豪奢《ごうしゃ》な細工はなにもない。霊耀はそれを月季に手渡す。月季もおなじようにじっくり眺めていた。

「盗まれない用心のため、ということかしら」

鏡を眺めながら月季が言う。渓はうなずいた。

「なんせ、家宝だからな。こんなところにほいほいと置いておけはしないだろう。本物は鼓方本家の屋敷にあるって話だ」

「鼓方本家に……」月季はつぶやき、何事か考えているようだった。鏡を塑像の膝に戻す。

月季は格子窓に歩みより、湖を眺めた。

「お祖父《じい》様に聞いたことがあるの。遠い異国の話。沙文や、ほかの島々があるその地域では、海神を信仰してる」

「沙文というと、鼓方の故郷だな」霊耀が言うと、「そうよ」と月季は首肯した。

「そして、海神に仕える巫女《みこ》がいる。青衣娘娘もその巫女だという話よね。お祖父様から聞いた話じゃ、彼女たち巫女は海神のご加護があるとして、島々でとても大事にされているのですって。そもそも島々を治めているのも彼女たちの長、巫女王だとか。海神ととても深いつながりを持った巫女なのよ。その魂は死後、楽土へ向かうのではなく、海神のもとへ向かうのですって。――青衣娘娘の魂は、海神のもとへ向かえたのかしら？」

渓は首をかしげ、霊耀は湖を眺めた。湖からあがった藍色の鱗のようなもの……。

「湖畔に打ちあげられた鱗というのは、巫女や海神とかかわりのあるものかもしれない——いわゆる神宝。家宝にするには畏《おそ》れ多《おお》い代物ね。祟りをなしているのは、それじゃないの?」

ひゅう、と冷たい風が吹きつけた。湖面が波打っている。空を鈍色《にびいろ》の雲が覆い尽くしていた。

「そうかもしれないし、そうじゃないかもしれない」

渓が気のない様子で言った。

「本物の鏡は鼓方本家にあると言ったわね。屋敷のどこにあるかわかる? 蔵みたいなものがあるのかしら」

問いかける月季に、渓は眉《まゆ》をひそめた。

「訊いてどうする」

「湖に沈めるの。返すと言ったほうがいいかしら。それで祟りが鎮まるかもしれない」

「馬鹿な——。当主がそんなことを許すわけがない」

月季は渓の目を見据える。

「あなたは祟りがなくならないほうがいいのね」

渓はふいと目をそらした。楼閣から出て行こうとする。

「協力してほしいの。見返りは用意するわ」

「見返りなんかいらない。俺は鼓方のやつらが苦しむさまを見たいだけだ」

吹きつける風が、ひとつに結っただけの渓の髪を舞い散らす。

「なぜ、そこまで――」霊耀のつぶやきは、すぐそばを通った渓の耳に届いたようだった。彼は足をとめ、ふり返る。

その目は暗く翳《かげ》っていた。

「年に一度、鼓方一族は祖廟《そびょう》と青衣娘娘を祀る。祀りは華々しく賑《にぎ》やかだ。この桟橋や楼閣は花で飾られて、宴《うたげ》はひと晩中行われて、一族の使用人にまで酒がふるまわれる。俺たち鬼鼓は宴には参加せず、廟やここの片づけに追われるが――」

渓は桟橋を見おろした。波が打ちつけ、水しぶきがあがっている。

「あの晩――三年前の晩、ここで片づけをしていたとき、鼓方の次男坊どもが酔っ払ってやってきた。本家の次男に三男、北鼓の次男だ。長男たちは立場上、さすがにそんな馬鹿騒ぎをしない。次男以下は当主の跡を継がないから、鬱屈《うっくつ》としたものがある。その鬱憤《うっぷん》を晴らすのが年に一度の馬鹿騒ぎなのさ。やつらは花を蹴《け》り飛ばし、ちぎって捨て、暴れまわった。いつものことさ。だが、その晩はなぜだかやつら、青衣娘娘の像を担ぎ出して、湖に捨てようとしやがった。『祟《たた》りを祓《はら》うんだ』とかなんとか言ってたな」

ふっと渓は笑った。暗い笑みだった。

「泡を食ったのは爺《じい》さんさ。そんなことをされちゃ、管理を任された鬼鼓の責任になる。とめに入ったんだよ。だが、酔っ払い相手に、それも三人の男を相手にそれは無茶だった。やつらは青衣娘娘の像の代わりに、爺さんを湖に投げ捨てた」

月季が顔色を変えた。霊耀も息を呑《の》む。

渓は淡々と言葉をつづけた。

「俺が爺さんを助けだしたときには、あいつらはもうどっか行っちまってたよ。爺さんはずいぶん水を飲んで、熱を出した。夜中のことだから、薬をもらおうにも店なんかやってないし、薬をもらったところで助からなかったろう。水がつまったような、妙な息をしていたから。ひと晩苦しんで、明け方爺さんは死んだよ。俺は家の裏手に穴を掘って爺さんを埋葬して、本家の当主に報告したよ。次男坊たちに湖に放り込まれたこともな。当主は『そうか』と言っただけだった。それだけ——たったひとことで爺さんの人生はあっけなく終わった」

渓は湖面をにらんでいる。

「ひとつ教えてやる。本家の三男——洪がこの湖へ来たのは、青衣娘娘の像を湖に放り投げようとしたことで自分が祟られるはめになったんじゃないかと、そう疑ってたからさ。だから青衣娘娘に謝ろうとした。なぜ知っているかって？　あいつが俺のもとを訪ねてきたからだよ。あの晩、俺のもとへ来て、青衣娘娘の祠《ほこら》へ案内してほしいと言ってきた。行くんなら勝手に行きゃいいのに、ふだん祠の世話をしてる鬼鼓に案内されることで、青衣娘娘の怒りが緩和されるとでも思ってるようだった。洪は青衣娘娘の罰があたったんだとしきりに悔やんでいたよ。爺さんのことなんか、ひとこともロにしなかった。かけらも頭になかったんだ。自分たちが、なんの力もない、枯れ枝のような爺さんをひとり湖に放り投げたことなんか」

霊耀は、もしや、といやな疑いが頭をもたげて、ロを押さえた。だが、渓は霊耀の疑いを察してか、笑った。

「俺が洪を溺《おぼ》れさせたとでも思ってるのか？　そんなことしやしない。どれだけ栈橋から落としてやろうと思ったか――溺れさせてやろうと思ったか。だが、踏みとどまった。なぜなら俺がそんな真似をしなくとも、あいつは青衣娘娘の神罰で死ぬからだ。実際、そうなった。俺は青衣娘娘の祠で謝るあいつを残して帰っただけだ」

そうして洪は死んだ。栈橋から足を踏み外したのか、あるいは湖に引きずり込まれたのか。

「嵐が起こって、湖の色が黒く変じたとき、俺は本家の当主に知らせにいったよ。自分の代でそれが起こるとは思ってなかったのか、当主は青くなって震えていた。あれを見ただけでも俺はすっとしたね。それが顔に出ていたのか、当主は怒って俺を追い出したが。――わかったろう。俺は協力はしない。邪魔もしないが。じゃあな」

渓は[illegible]きだした。もうふり返りはしなかった。ぽつ、と桟橋に雨粒が落ちる。雨[illegible]がらつぎへと落ちてきて、あっというまに桟橋を濡《ぬ》らした。霊耀と月季は楼閣のなかで立ち尽くす。篠突《しのつ》く雨の向こうに渓の姿は消えていった。

霊耀は空を見あげる。これは驟雨《しゅうう》だろうか。いくらか小降りになってもらわねば、さすがに出て行けない。いくらも進まぬうちに濡れ鼠になりそうだ。

「――雨が小降りになったら、

眉根をよせて考え込んでいた月季がそう言った。

「本家に……。家宝を見せてくれとでも頼みに行くのか？」

「そうね」

冗談だったのだが、月季は真顔でうなずいた。

「どういう意味だ」

「やりようはあるということよ」

月季は霊耀の隣に並び、おなじように空を見あげた。しばらくすると目に見えて雨の勢いが衰え、雨粒は細かくなる。

「行きましょう」

月季は楼閣から飛び出した。

「すべらないように気をつけろよ」と言いながら、霊耀もそのあとにつづく。走るうちに雨は霧雨に変わり、鼓方本家に着くころには、ほとんどやんでいた。裏門の屋根の下に入り、雨粒を払う。衣はしっとりと湿っていた。ピュイ、と軽やかな鳴き声に顔をあげると、烏衣が裏門近くの枇杷《びわ》の木にとまっている。「ああ、そこにいたのね、烏衣」月季が声をかけると、烏衣は応《こた》えるように梢《こずえ》で鳴いた。雨宿りをしていたのだろう。まだ雨がやみきっていないせいか、月季の肩におりてはこない。月季はなかに入ると、渡り廊下を進んだ。前回のような洗濯物は当然ながら干されていない。あの老爺《ろうや》もいなかった。屋敷内はしんとしている。不気味な静けさだった。あたりをうろうろしていたふたりは、洗濯籠《かご》を抱えた使用人の女性に出くわし、危うく声をあげられるところだった。

「わたしたちは巫術師《ふじゅつし》なの。幽鬼がいるのを知らない？　知っているわよね。あれを祓いに来たのよ」

使用人はいぶかしそうに月季を眺める。「でも、旦那様《だんな》に放りだされたって聞きましたけど……」

「あら、そこまで知ってるの。そうよ、困ったものよね。でも、だからといって放っておくわけにはいかないでしょう、お嬢様のためにも」

使用人も深くうなずいた。「まったくです。お嬢様がおかわいそう」

きたいことがあって三年前の青衣娘娘の祀《まつ》りの件だと言えば来てくれるわ」

使用人は承知して奥へと引っ込んだ。さして待つこともなく、次男らしい青年が周囲を気にしながら青い顔でやってきた。

月季は彼を物陰に連れ込む。「鼓方のご次男ね。来てくださってどうもありがとう」

「あ、あんた、三年前のことって――なんで、知って」

「わたしはなんでもわかるんです。巫術師ですから」

適当なことを言って、月季はにこりとほほえんだ。ひとは月季がそう言うと、ほんとうになんでも見透かされそうな気がするらしい。次男もいっそう青ざめた。この人物は素直すぎるな、と霊耀は少々あきれた。腹の内が見えすぎる。三年前のことなど知らぬ存ぜぬで通す者は通す。

「そのことと、妹の件と、どう関係があるんだ。あれと妹は関係ないし、俺ももう逃げ切ったじゃないか。男はもう死なない」

次男は視線をさまよわせる。落ち着きがない。逃げ切ったと言いつつ、まだ怯《おび》えている。

月季はうっすらと微笑した。

「ええ、そうですね。もう殿方は死にません。今回は」

すね」

『今回は』のひとことに次男はぎくりとする。

「来年、再来年——あなたがまだ犠牲者となりうるあいだに、大嵐が来ないといいで

次男は洪とおなじ年頃に見える。近いうちにまた祟《たた》りがあれば、彼は今度こそ犠牲者となるかもしれない。次男の顔は青を通り越して白くなり、もうなにも反論しなかった。

「どうしたらいいんだ？」次男はほとんど泣きださんばかりの弱々しい声で言った。「そりゃ、青衣娘娘の像を湖に放り投げようだなんて、とんでもない罰当たりだったよ。あの祠へ行って謝ればいいのか？　洪もそんなことを言って、怯えていた。それで、祠へ行って、死んだんだ」

どうすりゃいいんだ、と次男は顔を覆う。彼も鬼鼓の老人については口にしない。

霊耀はたまらず口を挟んだ。

「三年前のあの晩、あんたたちは、青衣娘娘を湖に投げ込む代わりに、鬼鼓の爺《じい》さんを投げ込んだろう。覚えてないのか」

次男はきょとんとして、それから「ああ」と思い出したような声をあげた。間の抜けた声だった。

「そういや……そんなことをしたような。酔っていて、ほとんど覚えがないんだ。俺

たちは酔っ払って、青衣娘娘の祟りなんか俺たちで祓《はら》っちまおう、なんて馬鹿なことを言って……それで、鬼鼓の爺さんが必死にとめるもんだから、鬱陶《うっとう》しくなって、つい——」

「つい」

「いや、たぶん爺さんを湖に投げ込んだのは俺じゃないし。洪か、滄のどちらかだろ。いや、滄かな。とにかく俺じゃない。よく覚えてないし」

よく覚えてないくせに自分ではないと言う。馬鹿馬鹿しさに霊耀は二の句が継げなかった。月季が霊耀の袖《そで》を引く。話が逸《そ》れていると言いたいのだろう。霊耀は月季に任せることにして、口を閉じた。

「それで、ご次男。祟りを祓うために、折り入ってお願いがあるんです」

「お願い？」

次男の顔が引きつった。「危ないことは勘弁してくれ。俺は幽鬼が苦手なんだ」

「なにも幽鬼を説得してくれなんて頼みませんから、ご心配なく。——家宝を見せていただきたいんです」

「家宝……家宝って、螺鈿《らでん》の鏡だとかいう？」

その口ぶりに、月季の顔が一瞬曇る。

「ええ、それです。ご覧になったことは？」

「ないよ。あれは当主しかありかを知らないし、当主しか触ってはいけないんだとさ」

ふてくされたように次男は言う。

月季だけでなく、霊耀も落胆した。次男なら保管場所を知っているのでは——と思ったのだが。これでは脅かした意味もない。

「そうですか……では、家宝のありかに思い当たることはありませんか」

「俺の考えだけどさ」次男はちょっと得意そうな表情を見せた。「あれは、この屋敷には置いてないと思う」

「なぜです？」

「ずっとここに住んでるんだ。それくらい、なんとなくわかるさ。父さんはここには鏡を隠してない。ひとの目を盗んでどこかの部屋なり蔵なりへ入っていることもないし、とくべつここに入ってはいけないとされている部屋もないし、場所もない。もし大事な家宝なら、祀って拝んだりするものだろ」

「なるほど」月季はうなずく。「一理ありますね」

「だろ」感心されて次男はさらに得意げになる。のせられやすい質《たち》の男だ。よく騙《だま》されていそうである。

「それなら、あなたはどこに鏡があるとお考えなんですか？」

「祖廟《そびょう》だ」

次男は自信に満ちた顔で言った。

「祖廟――ですか」

「あそこに当主は月に一度はお参りして、年に一度はお祀りがある。父さんが隠すとしたらあそこだよ」

「でも、不用心ではありませんか」

「え？」

「あの廟には、誰でも入ることができるでしょう？　そんなところに置いておいたら、いつ盗まれるかわかりません」

「それは――わかりにくい場所に隠してあるんだよ」

「わかりにくい場所って？」

あの廟にわかりにくい隠し場所などあるだろうか、と霊耀は思う。塑像を祀る壇があって、香炉がある、それ以外はなにもない、がらんとした堂だった。隠すとしたら壇の下か？　しかしそれは『わかりにくい』とは言えまい。まっさきにさがしそうだ。隠し扉があって、それが秘密の小部屋に通じている、となるとべつだが。

「と――とにかく、あの廟のどこかにあるんだよ。そうに決まってる」

次男はそう結論づけた。

「それより、なあ、あんた、有名な巫術師なんだろ？　ほんとうに祟りを祓えるのか？」

そわそわした様子で次男は問う。月季がなぜ家宝について尋ねたかを訊きもしないうえ、ありかだと思う場所をべらべらしゃべっている。他人の家ながら、この家は大丈夫なのか、と霊耀は思ってしまった。

「祓うべく尽力しているところです」

「なあ、じゃあ、俺にも護符をくれよ。妹にはやったんだろ？」

次男はずいと手を突き出した。当然もらえるものと思っている。月季は愛想良くふところから護符を出して次男の手にのせた。彼はほっと安堵《あんど》の息をつき、護符を大事そうに額の前に掲げた。

「これを持って、部屋に籠《こ》もっていてください。そうすれば禍《わざわい》を避けられるでしょう」

「ああ、ああ、そうするよ。また雨もひどくなりそうだしな」

その言葉に霊耀は頭上をふり仰ぐ。屋根のあいだに見える空は灰色にかすみ、しとしとと雨を降らせていた。

屋敷を出たふたりは、祖廟へと向かうことにした。鏡をさがすためだ。「次男の言うことはあやふやだけれど、一理あることはある」というのが理由である。

細かな雨が降るなか、急ぎ足で歩いていると、うしろから鳥の鳴き声がした。烏衣が地面すれすれを低く飛んで、月季の前に回り込む。そのまま月季のふところへと飛び込んだ。

「枇杷《びわ》のにおいがするわね、烏衣。木にとまっていたからかしら」

「実を食べたからじゃないのか」

「あら、烏衣は果物を食べないのよ。燕《つばめ》ってそうなんでしょう。虫しか食べないのですって」

「へえ、そうなのか」

霊耀は烏衣が捕食しているところを見たことがない。さっと飛んで空中で食べているのなら、わからないか。

ふたりは祖廟の門をくぐる。あたりは霧雨にけぶっていた。遠くが見通せない。階《きざはし》をあがり、霊耀は堂内を上から下まで見まわす。下は灰色の磚《せん》が敷かれており、上は木を格子に組んだ天井や梁《はり》などが見える。彩色などはない。地味な堂内だ。塑像のある壇は石を積んで高くした上に紫檀《したん》の壇を重ねてあり、つやが美しいがやはり飾り気はない。なにか隠すならここに細工を施しそうなものだが、丹念に触って調べても、隠し扉や抽斗《ひきだし》のようなものがある様子はなかった。雨に濡《ぬ》れた体が冷えてくる。やってきたときよりも雨脚が強くなったような気がした。

「なにかあったか？」

霊耀は月季をふり返る。月季はかぶりをふった。

「隠し場所があるなら、ちょっとやそっとさがしたくらいじゃ、わからないでしょうけど――」

そう言ったとき、月季のふところから烏衣が飛び出した。堂内を一周、二周と旋回する。糞《ふん》を落とされたら困るな、と思っていると、烏衣は塑像の上に舞い降りてきて、像の天辺《てっぺん》にちょこんととまった。

「あら、だめよ、烏衣。おりてらっしゃい」

月季が声をかけるが、烏衣は素知らぬ顔で羽繕いをしている。さらには――。

「あっ、ほんとうにだめよ。烏衣、だめだったら」

烏衣はぴょんぴょんと器用に像の頭をおりていって、衣をつつきはじめたではないか。爪を衣にひっかけ、くちばしで織り目をつついている。

まずい、と霊耀は壇に足をかけて登り、手を伸ばした。しかし烏衣はひょいと飛んで避《よ》ける。何度かくり返したが、烏衣はこちらをからかうように、捕まる寸前でうまく逃げるのである。腹立たしい。

「おい、月季。おまえも――」

「ねえ、霊耀。ちょっと待って」

月季も壇に登る。しかし月季の手は烏衣ではなく、塑像の衣に触れた。

「どうかしたか」

「これ、なにを縫い付けてあるのかしら」

月季の指が織り目をなぞる。霊耀は衣に顔を近づけ、凝視した。錦《にしき》の織物だ。白と朱、青などに金糸銀糸を織り交ぜ、菱形《ひしがた》を組み合わせた文様を織りあげている。凝った意匠だ。表面には玉のようなものを縫い付けてあった。いや、玉ではなく螺鈿《らでん》か。小指の先ほどの大きさの薄い螺鈿を、文様に合わせて前身頃にびっしりと縫い付けてあるのだ。

深い藍色《あいいろ》の、妖《あや》しくきらめく螺鈿——。

霊耀は顔をあげ、月季を見た。月季もまた、真剣な顔つきで霊耀を見ていた。緊張のためか、頬が青白くなっている。

「鏡じゃなかったんだわ」

月季のささやき声は、やけに堂内に響いた。

「この衣は、年に一度、新しく織らせて当主が自ら像に着せる——という話だったな」

「新しく織らせるたびに、この螺鈿の数がそろっているか、たしかめていたんじゃないかしら」

家宝が鏡であるということ自体が偽り。この宝のありかは当主しか知らないし、当主しか手に触れることはない。

足先が震えてきた。息を吸い込む。

「これを脱がせて、湖に沈めましょう」

月季が言い、帯に手をかける。烏衣が翼をばたつかせて衣から飛び立った。ぴゅい、と甲高い声で鳴く。月季は、はっと入り口のほうを見やった。霊耀もつられてふり返る。雨を背に、誰かが立っていた。薄暗い影になったその姿は、すぐそばの塑像とよく似ていた。

――鼓方の当主！

誰だか認識したと同時に、霊耀は壇から飛び降りた。ときをおなじくして淵もなにか叫びながら地面を蹴《け》り、飛びかかってくる。

「月季、衣を早く剝《は》げ！」

淵とつかみ合いになりながら、霊耀は叫んだ。淵は馬鹿力だ。体格も筋力も霊耀のほうが勝るであろうに、一瞬でも気を抜くと突き飛ばされそうな膂力《りょりょく》だった。血走った目は霊耀ではなく、月季が剝がそうとしている衣にひたと据えられている。それが不気味だった。

淵が体ごと霊耀にぶつかってきた。霊耀がよろめいたところで、淵は月季につかみかかろうとする。霊耀は背後から彼を羽交い締めにした。月季は手間取りながらもなんとか衣を塑像から脱がせ終える。それを抱えて壇から降りた月季は、「湖へ行くわ！」と駆けだした。淵が腕をふりまわして暴れる。「やめろ！　返せ！」と彼は唸《うな》るように叫んでいた。

「あれを湖に沈めれば祟《たた》りはなくなるかもしれない」

霊耀は淵を説得しようと声をはりあげる。淵の耳には聞こえているのかいないのか、疲れる気配も見せずもがいている。霊耀の額には汗がにじんでいた。

「娘の命がかかってるんだぞ。いくら家宝だからといって——」

「祟りがなんだ！　あれがなければ鼓方の繁栄は終わる。あれのおかげで鼓方は神の加護を得て栄えてきたんだ」

淵はそう吠《ほ》えた。

——あの衣のおかげで鼓方は栄えた？

神の力を宿した鱗《うろこ》を縫い付けた衣。そのおかげで——。そんなことがあるのだろうか。

すくなくとも淵はそう信じている。

「娘が死んでも——このさき一族がどれだけ死んでも、それより繁栄が大事なのか？一族の者が死んでゆくのに」

「滅ぶわけじゃない。全員が死ぬわけじゃない。それで一族が栄えるなら、しかたのない犠牲だろう」

本心から言っているのだろうか。霊耀は判じかねた。声音は揺らぐことなく、しっかりとしている。だが強がりかもしれない。娘が死ぬ事実から逃避しようと。

「そう自分に言い聞かせようとしているのか？」

だからそう訊《き》いた。返ってきたのは、哄笑《こうしょう》だった。霊耀はぎょっとする。その隙をついて、淵は霊耀を突き飛ばして腕から逃れた。

ふり返った淵は、大口を開けて笑っていた。霊耀は異様なものを感じて、思わずあとずさる。喉《のど》が見えるほど笑っているのに、目は微動だにせず、瞳《ひとみ》は木の洞《うろ》のように黒々としている。うなじに鳥肌が立った。

「犠牲になった者は、なれなかった者より尊い。わが娘は放っておいてもそのうち死ぬが、一族の犠牲になれるなら、そちらのほうがずっとすばらしいではないか」

霊耀は暗い気分になった。

——ああ、本気でそう思っているのだな。

救いがたい。説得するのは無理そうだ、と霊耀は見切りをつけた。となれば当主が月季を追いかけぬよう、ここで拘束するほかない。

霊耀が足を踏み込んだとき、淵は突然、身を翻した。裏手の扉から逃げるつもりか、と霊耀は追いかける。やはり淵は扉を開けて外へ飛び出した。霊耀もつづいて外に出る。雨が頬に打ちつけた。階を降りて、門のある正面に回ると思いきや、淵はそのまま後方へと走ってゆく。そちらにも小さな門があるが、そのさきは一族の墓だと聞いている。そこからまた違う道があるのだろうか。淵は小門をくぐる。霊耀もあとを追う。やはりそこは墓地だった。多くの墓標が立っている。霊耀ははたと足をとめた。

――いない。

周囲を見まわしても、淵の姿はない。

あっ、と霊耀は背後をふり返った。淵は門扉の陰に身を潜めているのでは、と思ったからだ。

当たっていた。淵は舌打ちして来た方へと逃げだす。おそらく霊耀が墓地に入ったあと、扉を閉めて閉じこめる算段だったのだろう。その暇はなかったが、霊耀に捕まることからは免れた。さして体力があるとも見えないのに、淵はいまだ速度を落とさず疾走している。霊耀はさすがに息が切れてきたが、さきを行く月季を思えばそうも言っていられない。あの淵の様子では、月季に追いつくのもすぐだろう。

ふたりは祖廟《そびょう》の門を出た。雨脚は強まっている。もう全身がずぶ濡《ぬ》れだった。淵は濡れた顔をぬぐうそぶりも見せず、ひたすら走っている。

足をとめねば――そう思っていると、前方から一羽の鳥が飛んできた。烏衣だ。雨のなか飛ぶのはたいへんだろうに、烏衣は淵にまとわりつき、頭や顔をつついている。淵はうるさげに手で追い払おうとする。自然と足は遅くなる。よし、と霊耀は地面を蹴った。

だが、霊耀が淵の腕に手が届くと思ったとき、淵は烏衣にかまわずまた猛然と走りだした。烏衣がつついてもふり払うことなく、つつかれるがままになっている。烏衣は淵の髪をついばみ、引っ張るが、淵はもはや反応しない。しだいに烏衣は疲れた様子で、何度か翼をばさばさと羽ばたかせた。雨に濡れては、うまく翼も動かせないのだろう。それを見澄ましたように、淵は不意打ちで烏衣をたたき落とした。烏衣は鳴き声も立てず地面に落ちる。

「烏衣！」

霊耀はあわてて駆けより、烏衣を拾いあげる。死んではいないが、弱々しく頭を動かしている。霊耀は手巾《しゅきん》で烏衣をやんわりとくるんで、ふところに入れた。そのあいだに淵からは引き離されてしまった。霊耀は歯を食いしばり、淵のあとを追った。

月季は強くなる雨脚に顔をしかめながら、湖へ向かって走っていた。袍《ほう》が雨に濡れて重いうえ、足に絡んで走りづらい。手は冷たくかじかんできた。木立が途切れ、湖が見えてくる。月季は衣を胸に抱え直し、あともうひと息だ、と疲れた足を動かした。

——足音。

月季はぎくりとする。地面を雨が打つ音、木の葉に水滴が落ちる音、それに混じって水を撥《は》ね飛ばす乱れた足音がする。それが霊耀の足音でないのは、月季にはよくわかった。霊耀はこんな乱雑な走りかたをしない。もっと身軽に、しなやかに走るのだ。身のこなしに無駄がなく、歩いても走っても静かなひとだった。

——当主が霊耀を振り切って、追いかけてきた。

おそらく霊耀もすぐあとを追ってきているはず。そのはずだ。

動悸《どうき》が激しくなり、月季は衣を抱く手に力をこめた。早く。早くこれを湖に放り投げるのだ。

湖畔が近づき、足もとの地面が砂礫《されき》に変わる。あともうすこし。

そう思ったところで、月季の袍がぐいとうしろに引っ張られた。体勢を崩した月季の首に腕が回される。とっさに月季は自分の右腕で首をかばい、締めあげられるのを防いだ。ぎり、と締めつけられる腕が軋《きし》む。

「衣を返せ！」

淵が片腕で月季をうしろから締めあげ、荒々しく吠えた。月季は手を伸ばせるだけ伸ばして、抱えていた衣を前方へと投げた。湖にはあとほんのわずかのところで届いていない。だが淵も月季を締めあげているあいだは、衣を手にはとれない。

淵の腕に力がこもる。彼は月季の腕ごと締めあげることにしたらしい。ぐうっと息がつまり、喉がつぶれそうになる。月季は必死にもがくが、淵の腕はびくともしなかった。月季は腰に佩《は》いた剣を使うべきか迷う。左に佩いた剣を左手で抜くのは難しいうえ、もたついているうちに淵が気づいて取りあげられかねない。いまは剣の存在に気づいていないようだが、これを取りあげられたら状況はさらに悪くなる。しかし、このままでは……。決心がつかないうち、締めつけられているせいで頭がぼうっとしてくる。

――殺してやろうか。

そんな声が聞こえて、月季は目を見開いた。

――殺してやろうか。

体が震える。あの声。あの声だ。幼いころに聞いた、あの声だった。

――殺してやろうか。

すぐ耳元で聞こえている。誰かがささやいている。だが、そばには淵しかいない。雨音にもかき消されず響いてくる、ひっそりとした声音。男か女かもわからない。深く、やわらかく、甘い声だ。

殺して、と頼んだら――頭によぎったその考えを、月季は振り払う。だめだ。そんなことを頼んではだめだ。

だが、とべつの思いが胸をよぎる。ぎゅっと目を閉じる。

淵が霊耀に危害を加えて、ここまで来たのだとしたら。霊耀に怪我を負わせ、あるいはもっとひどい真似をしていたら。

月季は淵を絶対に許さない。

動悸が激しくなる。考えてはだめだ。この声に応じてはだめだ。だが。

——霊耀……。

「月季！」

はっと、目を開けた。雨音が響く。近づく足音が聞こえる。この足音は霊耀だ。

霊耀が駆けよってくる。

「来るな」淵が叫び、月季を締めあげたままふり返った。立ち止まる霊耀の姿が見えた。

「近寄れば、こいつの首をへし折るぞ」

霊耀が顔をしかめる。淵はじりじりとあとずさり、投げ捨てられた衣のほうへ行こうとしているようだった。

「……だめ」

月季はかすれた声をあげた。それは淵へ向けた言葉ではなかった。

「殺しては、だめ」

背後で水音がした。つづいて鈍い音がして、月季を縛《いまし》める力が緩んだ。淵がよろめき、膝《ひざ》をつく。

霊耀がはじかれたように動いた。淵につかみかかり、地面に押さえ込む。淵の呻《うめ》き声が聞こえた。

咳《せ》き込み、ふらついた月季の腕を誰かがつかんだ。首を巡らせると、それは渓だった。

――どうしてここに。

そう訊《き》きたかったが、声を出そうとしたところでまた咳き込んだ。

渓は片手に棒切れを握っていた。どうやら、それで淵を殴りつけたようだ。いつのまに背後にいたのだろう。雨音に遮られたのもあるだろうが、まったく気づかなかった。

「月季、衣を！」

霊耀が叫ぶ。彼に押さえつけられた淵は、なおも唸《うな》りながらもがいていた。渓がそちらに加勢する。月季は衣を拾いあげ、湖の水際へと走った。やめろ、という淵の悲鳴が聞こえる。脛《すね》あたりまで水に浸《つ》かり、月季は衣を丸めると、放り投げた。雨のなか、そう遠くまで飛ばず、衣は湖面に落ちる。

淵の咆哮《ほうこう》がこだました。はっと月季はふり返る。ひとりの声ではない。何人もの声が重なり、吠《ほ》えているように聞こえる。霊耀と渓に押さえられた淵は、体を弓なりに反らし、吠えていた。ぽっかりと開いた口のなかは、真っ黒に見える。ぞろり、とその口から、黒いものが湧き出てきた。霊耀も渓も、ぎょっとしている。泥のような――煤《すす》のような、得体の知れぬものが這《は》い出て、垂れて、月季のほうへと向かってくる。

それは徐々に形をとりはじめた。腕。手。頭――うごめく口。ほかは蛇のようにぞろりとしていて、判然としない。腕を前に伸ばし、指がざわざわと虫の脚のように動いている。

「わだ、つみの」

ひびわれた声が響く。身をくねらせながらそれは声を発した。

「ちから――わたしのもの。われらこほうのもの」

砂利をすりあわせるような声だった。ひとの声ではない。べつのなにか。

月季は腰に佩いた剣の柄《つか》を握った。

――これは幽鬼ではない。

怨念《おんねん》、いや執念の塊か。

月季は水を撥ねあげて駆けだすと同時に、剣を鞘《さや》から抜き放った。距離を見定め、一歩、二歩と大股《おおまた》に走り寄る。黒いそれが目前に近づく。泥と墨を混ぜたような姿。月季はそれの胴のあたりをすばやく一閃《いっせん》、切り払った。

黒い羽根が視界に舞う。剣の流れに沿って黒い羽根が生まれ、舞い散った。

泥と墨のようだったそれが、するりとひとの顔を取り戻す。淵とよく似た顔——祖《そ》廟《びょう》にあった塑像とおなじ。初代鼓方当主の顔だった。

その顔を黒い羽根が覆いはじめる。手を、腕を、やはり黒い羽根が覆ってゆく。全身が覆い尽くされたとき、さっと羽根が消えるとともに、初代の姿もかき消えた。

塵《ちり》ひとつ残さず、消え失《う》せた。

月季はかすかに息を吐き、剣を鞘に収めた。霊耀と渓もそれにつられてか、表情のこわばりがとれる。淵は気を失っていた。

「月季——」

霊耀が声をかけたそのとき、どおん、と地響きのような音がした。三人は湖をふり返る。大きな水柱があがっていた。

水が高く噴きあがり、竜巻のようによじれる。水しぶきが雨に混じって、月季たちのほうまで飛んできた。湖の水が吸いあげられ、大蛇のごとき姿を見せていた。白い水流が鱗《うろこ》のようだ。月季はそのなかに、ちらりと魚影を見た。魚が上へとのぼってゆき、見えなくなる。それと同時に、水柱は勢いを失い、萎《しぼ》んでゆく。

雨脚が弱まったことに月季は気づいた。水柱が小さくなるにつれて、雨も弱く、細くなる。湖面がなだらかになるころには、雨はあがっていた。

あとには、静寂が残った。水が噴きあがる音も雨音も、もうない。静けさのなかで、月季たちは呆然《ぼうぜん》と湖を眺めていた。

「衣は、返せたんだな」

霊耀が口を開く。月季はうなずいた。

「あの黒いのはなんだったんだ？」渓が気絶している淵を眺めて言った。「最後、あの初代の像とおなじ顔になったが」

「初代の幽鬼……とはまた違うか」霊耀がつぶやき、月季は「執念でしょう。妄執と言ったほうがいいのかしら」と言った。

妄執、と渓がくり返す。

「主人たちを殺《あや》めてまで財を奪い、富と権力を一代で築きあげた当主だもの。それに固執してもおかしくない。——死んでからもね」

「じゃあ、祟《たた》りは？」

月季は湖を見つめる。

「祟るほどの力があったのはあの衣……家宝とされていたあれだと思うけど、案外、引き起こしたのは初代当主だったんじゃないかしら。殺された巫女《みこ》ではなく」

渓は首をかしげたが、

「殺した罪悪感から、ってことか？」

と言った。今度は月季が首をかしげる。

「というより、恐れ……それから執着」

月季があのどろりとした黒いものから感じたのは、そのふたつだった。

主人たちを殺した報いを受けるかもしれない、という恐れ。

それでも得た富と権力を手放したくない、という執着。

「それらが合わさって――」

――富と権力を維持しつづけるためには、報いを受けねばならない。

そうねじれた答えを出したのではないか。報い、すなわち一族が払う犠牲。繁栄の対価だ。

自分で口にして、月季は背筋が冷えた。

ねじれた呪いが一族を食らい、縛め、さらにねじれさせたのだ。

「それが、もう消えたのか」

渓が問う。月季は彼のほうを見て、うなずいた。渓はどこかかなしげで、しかしどこかほっとしたような顔で、笑った。

「どうして助けてくれたの？　協力しないと言っていたのに」

「協力するつもりはこれっぽっちもなかったさ。ただ、鼓方と無関係なあんたが殺されそうになってるのに、知らんぷりもできねえだろうよ」

なんだかんだで、あなたもおひとよしなのね——と思ったが、月季は「ありがとう」とだけ言った。

「ん？」と霊耀が下を向く。ふところから、ぴゅっとなにかが飛び出した。月季たちの周囲を旋回する。烏衣だ。

「あなた、そんなところにいたの」

「元気そうだな。当主にやられて、伸びてたんだよ」

よかった、と霊耀が言う。烏衣が甲高い声で鳴いた。

「お礼を言っているわ」

烏衣は月季の肩へと戻ってくる。ほんとうか？　と霊耀は疑わしげなまなざしで烏衣を見るので、月季は笑い声をあげた。


気絶していた淵が目覚めて、衣が湖に返されたことを知ると、絶望の表情になった。

「鼓方はもう終わりだ……」

実際のところ、この当主はどれだけあの初代の影響を受けていたのだろう。月季にはよくわからない。幽鬼に取《と》り憑《つ》かれていたのともまた違う。嵐が来て、湖の色が変じたと知らされたときから、彼は変わった。おそらくそのときから、初代の妄執に囚《とら》われた。娘が犠牲になってもしかたない、と言わせたのはそのせいだろう。彼自身は、そんなことを思ってはいなかったと信じたい。

茫然《ぼうぜん》自失してまともに立てもしない淵を、霊耀と渓がふたりがかりで支えて本家までつれていった。当主の様子にあわてふためく使用人たちにあとを任せて、月季は娘の部屋へと向かった。部屋の前に、北鼓滄の幽鬼の姿はなかった。

部屋に入ると、娘の寝台のそばに侍女がいて、扉を開けた月季を見て驚いていた。

「まあ、そんなにずぶ濡《ぬ》れになって――」

「鼓方一族の祟りは消えたわ」

はっと、侍女は口をつぐむ。寝台に横たわる娘のほうをふり返った。

「お、お嬢様」

娘は月季のほうを見て、目をみはっている。月季は微笑を浮かべた。

「お元気で」

それだけ言ってきびすを返す。扉を閉めるとき、見えた娘の顔には、たしかに喜びが浮かんでいた。

月季が門まで向かうと、すでに霊耀と渓が待っていた。門を出た月季は、渓に尋ねる。

「あなた、これからどうするの？」

「家に帰るさ」

当たり前だろう、と言いたげな渓に、月季はかぶりをふる。

「そうじゃなくて。このさきのことよ」

月季は屋敷をふり返る。それからふたたび渓のほうに向き直った。

「祟りがなくなって、鼓方一族もなにかしら変わるんじゃないかしら。あなたはこのさき、ずっと廟《びょう》と祠《ほこら》を守って生きてゆくつもり？」

渓は黙り込む。

「京師へ来るなら便宜は図ってあげる。巫術《ふじゅつ》を学んだらいいと思うわ。——協力してくれるなら見返りは用意すると言ったでしょう。それよ。あなた、さっき、わたしを助けてくれたから」

渓はやはりなにも言わず、黙ったままだった。

「わたしたちは明日にはこの島を出るから、その気になったら『清芳楼』へ来てちょうだい」

言うだけ言うと、月季は霊耀とともにその場をあとにした。しばらく歩いてからふり返ると、渓はもうそこにはいなかった。

『清芳楼』に着くと、濡れ鼠のふたりはまず使用人たちによって浴場へと送り込まれた。

霊耀は熱い湯に浸《つ》かってはじめて、ずいぶん体が冷えていたことに気づいた。指先までじんわりとあたたまってくると、あちこちが痛くなってくる。擦り傷に切り傷、打ち身がいたるところにあった。疲労感はあるが、気分は悪くない。すっきりとしていた。祟りを祓《はら》えたからだろう。祓ったのは霊耀ではなく、月季だが――。

脳裏に剣をふるった月季の姿がよみがえる。ああしたときの月季は、ふだんとは別人に見える。常人離れした美しさと妖《あや》しさがあった。黒い羽根越しに見える彼女の瞳《ひとみ》は、凜《りん》と輝いている。やはり月季はとくべつなのだ。激しい憧憬《しょうけい》の念を覚える。はじめて彼女の力を目の当たりにしたときから、ずっとそうだ。彼女の力に憧《あこが》れ、焦がれている。

――月季になんの才もなければ……。

いまならわかる。彼女が巫術の才を持たぬか弱い少女であったなら、霊耀は気遣い、労《いたわ》るだろう。許婚《いいなずけ》として大事にしただろう。だが、これほど心をかき乱され、憎らしいほど焦がれはしない。月季が巫術を使うところを見たくないのに、見たくてたまらない。許婚であることが苦しくてならない、だがそのためにいちばんそばで彼女を見ることができる。憎らしくて、いとおしい。

混沌《こんとん》。月季に対する感情は、そう表現するのがちょうどいい。どろどろに淀《よど》んだ泥濘《でいねい》をかき混ぜている。そんな心持ちだった。

湯からあがり部屋に戻ると、月季は窓辺に座り、頬杖《ほおづえ》をついていた。烏衣は自分の寝床で羽を休めている。

「晴れてきたわ」月季は空を指さす。「これで船は無事に出そうね」

すこし前まで降っていた雨が嘘のように、雲ひとつない空が広がっている。

「渓は来ると思うか？」

「さあ、知らないわ」

自分から渓を誘っておいて、月季はそっけない返答をする。いや、月季はどうも心ここにあらずといったような、物憂い顔をしていた。

「どうした」

「え？」

「まだなにか懸念があるのか。そういう顔をしてるぞ」

月季は頰をさすった。「そう？　べつに、気がかりなことはなにもないわ」

そう言うが、月季はそれからもやはりどこかうわの空だった。

月季が思い煩っていたのは、あの声についてだった。

――殺してやろうか。

あのとき、月季は『だめ』だと言った。はっきり覚えている。『殺してはだめ』と、そう言ったのだ。

結果、淵は殺されなかった。継母のようには。

継母のときも、おなじように言っていたら、彼女は殺されずにすんだのだろうか。

心のどこかで、『殺してほしい』と思っていたから、だめだと口にしなかったのではないか。

そう考えだすと、月季は胸の底がしんと冷たくなってくる。心の奥底に、冷ややかな氷の塊がある。冷然と誰かの死を諾《うべな》う己がいる。そんな己を直視するのが怖かった。

霊耀は鈍いくせに、こんなときは鋭く察する。どうしてだろう。いちばん触れられたくない部分なのに。

翌朝、月季と霊耀は『清芳楼』を発《た》った。渓は来なかった。来ると思っていたらしい霊耀は、心なしか落胆しているように見えた。だが、それも港に着くまでのことだった。

船着き場に、渓がいたのである。

渓はふたりを見て、

「遅かったな」

などと言う。

「来るなら、『清芳楼』に来てと言ったじゃない」

月季があきれて言うも、

「そうだったか？」

と渓はけろりとしている。「港へ直接来たほうが早いと思ったんだよ」

「鬼鼓の墓は、どうするんだ？」

霊耀が訊《き》く。そこを気にするあたりが霊耀だと、月季は思う。

「朽ちるに任せるさ」渓はちょっと笑った。「朽ちて島の土と一緒くたになれば、爺《じい》さんも本望だろうさ。――そういや、聞いたか？　本家の当主はすっかり腑《ふ》抜けちまって、隠居するんだとさ」

「そうなのか。まあ、昨日のあの様子ではな」

「本家はてんやわんやだよ。ちょっと見物だったぜ。長男は、まあ出来は悪くないが傑物じゃあない。次男はひどいぼんくらで、どれだけ商売をさせたところで潰《つぶ》して回るだけだ。東鼓も北鼓ももういない。鼓方はこれから細るいっぽうだろう。一族の栄華も終わりだな」

渓の表情は言葉ほど辛辣《しんらつ》ではなかった。どこかさっぱりとした顔をしている。

まもなくの出港を告げる太鼓の音が鳴り、月季たちは急いで船に乗り込む。欠航がつづいたせいで、乗船客は多い。三人は舳先《へさき》のほうへ向かい、そこから川を眺めた。

船が出る。涼やかな風が頬にあたる。

「島を離れるのははじめてだ」

渓がぽつりと言った。その横顔に一抹の寂寥《せきりょう》感が漂う。

「まず、あなたを董家と封家、どちらで預かるか決めなくてはね」

「封家だろう」と当然のように霊耀が言う。

「どうして？」

「おまえはもう巫術師なのだから、祀学堂へは通わないだろう。右も左もわからぬまま、ひとり祀学堂に放り込むわけにもいくまい。俺が面倒を見る」

月季はほほえんだ。「面倒見がいいわね。じゃあ、あなたに任せるわ」

なにをするにしても男同士のほうが都合がいいか——と思う。月季にはすこしさびしいことだが。

渓は月季と霊耀を交互に眺めて、霊耀に向かって頭をさげた。「よろしく頼む」

「わたしにはないの？　わたしだってきっと面倒は見るわよ、たまに」

そう言うと、渓はじっと月季の顔を凝視した。

「なに？」

「あんたに訊きたいことがあったんだ」

なんだろう、と目をしばたたく。

「あんた、俺が当主を殴ろうとしたとき、『殺すな』とかなんとか言ったろう」

月季はしばし記憶を辿《たど》る。――渓が月季を助けたときのことか。

「ああ……」

だが、月季はあのとき、例の声に向かって『殺してはだめ』と言ったのだ。渓に言ったのではない。

「俺は当主を殺す気で殴ろうとしていたんだ。あんたがそう言うから、思わず力が緩んだ。あんた、なんであんなことを言ったんだ？」

「あれは――」

渓に対して言ったのではない。しかしそれを説明しようとすると、例の声や化け物について明かさなくてはならなくなり――継母の死について詳《つまび》らかにしなくてはならなくなる。月季は一瞬、霊耀を見た。

「――勘で。なんとなく」

渓は片眉《まゆ》をあげ、けげんそうな顔をした。「へえ」と納得したような、しないような相槌《あいづち》を打つ。

「まあ、なんでもいいんだが。俺としちゃ、助かったよ。面倒なことになるところだった。どのみち鼓方は終わりだし、腑抜けになったあの男を見たらさ、こっちも毒気が抜けちまった」

そう言って唇の端だけで笑い、渓は船の後方へと移っていった。「島の姿を名残に見ておくよ」と言って。

霊耀とふたりになる。霊耀もまた、けげんそうな顔をしていた。

「妙に曖昧《あいまい》なことを言うんだな。おまえらしくもない」

「そう……？」わたしだって曖昧なことくらい言うわよ、と言おうとして、霊耀の視線とぶつかり、月季は唇が震えた。

「声がしたから」

気づいたら、そう口に出していた。

「声？」

「『殺してやろうか』――という声」

霊耀は眉をひそめた。「なんだと？」

「前にも聞こえた声。わたしが生家にいたころ……継母が死ぬ前……」

月季は両腕で体を抱きしめた。川から吹きつける風がひどく寒く感じる。

「あのとき、わたしは『殺してはだめ』とは言わなかった。今回、わたしはそう言った。継母は黒い化け物に殺されて、当主は殺されなかった。霊耀、わたしは――継母を――」

「月季」

右肩をつかまれた。霊耀の手はあたたかい。顔をあげると、霊耀が眉根をよせた難しい顔で月季を覗《のぞ》き込んでいた。

「しっかりしろ。なにを言ってるんだ」

「わたしには化け物が取《と》り憑《つ》いているのかもしれない」

恐ろしくて口に出せなかったことを、はじめて言った。船の上だからか。京師へ帰ったら、もう打ち明けられない気がしていた。川の流れに船が揺れて、肩に置かれた霊耀の指が食い込む。心地よい痛みだった。

「……おまえに危害を加える者がいたら、その声がする、ということでいいんだな？」

霊耀が驚くほど冷静な声で言った。月季はうなずく。

「菫老公には話したのか」

月季はかぶりをふった。

「話したほうがいい。あのかたなら、おまえのためになる答えをくれるだろう」

「あなたは？」月季はとっさに訊いた。

「俺？」霊耀は目をみはる。

「あなたは、わたしに答えをくれないの？」

「俺などに――」月季は霊耀を見つめる。霊耀の瞳《ひとみ》が揺れた。

「声に関してだけ言えば」霊耀は視線を外し、咳払《せきばら》いをした。「最初に声が聞こえた時点では、因果はまだ生じていないわけだろう」

「え？　因果？」

「原因と結果。おまえの継母が死んではじめて、あの声はもしや、と思い至る。それがあったから、つぎの当主のときには答えが出せた。『殺してはだめ』だという。――いちばん最初の段階で、その答えを出せというのは無理だ。そもそも妖《あや》しい者の声には答えない、反応してはいけない。これは鉄則だ。だからおまえの反応は至極当然だし、間違っていない」

それから霊耀は眉間《みけん》の皺《しわ》を深くして、「化け物については、よくわからない」とつけ加えた。

霊耀の几帳面《きちょうめん》で真面目な回答に、月季はふっと肩の力が抜けた。

――間違っていない。

霊耀ほどの生真面目なひとにそう言われると、このうえなく信頼できた。自分が信じられる。霊耀がそう言ってくれるなら。

「……ありがとう」

月季は霊耀の胸に飛び込み、顔を押しつけた。左肩にとまっていた烏衣が、あわてたように飛び立つ。霊耀は身を固くしてあとずさり、船の縁にぶつかった。月季はそれでも霊耀から離れなかった。

「あなたは、わたしに答えをくれないの？」と言った月季の瞳はひどく切実で、すがるようであったので、霊耀は焦燥に駆られた。なぜ焦るのかわからない。ただ胸をかきむしられるような感情を覚えた。

霊耀の回答は正解であったのかどうかわからないが、月季を安堵《あんど》させたようだった。しかし抱きつかれるとは予想だにしなかったので、霊耀は固まるしかなかった。周囲の乗客はなんだろうとちらちらとこちらを見はするが、他人同士、これといって声をかけてはこない。渓が船の後方でからかうような笑みを浮かべているようにも見えた。

烏衣が頭上を旋回している。

霊耀はどうしていいかわからず、ただ、月季の背中を恐る恐る撫《な》でた。

番外編　花と光

月季という字《あざな》をつけてくれたのは、祖父の千里だった。

盈月《えいげつ》、というのが月季の名だ。

「『月季』というのは、薔薇《ばら》の花のことだよ」

と千里は髷《まげ》を結いあげたばかりの月季の頭を撫でながら、言った。

「棘《とげ》だらけの花だわ」

きつく結われた髪が痛いのもあって、十二歳だった月季はむくれていた。

「自分で身を守るすべを持つ、強くて賢い花だよ」

千里の手のひらはあたたかく、やさしかった。

「……お祖母《ばあ》様みたいな？」

千里は柔和にほほえんだ。「そうだね」

それならばいい名前だ、と月季の気分は上向いた。

「じゃあ、『霊耀』はどういう意味なの？」

「霊耀は――光だね」

と、千里は答えた。「『霊』は霊妙の霊……不思議な力のある光ということだ」

そこでふと、千里は遠くを眺めた。

「ふむ、そうか……そうと考えてつけたわけではなかったが、月季と霊耀……花と光だな」

そのつぶやきに、月季は首をかしげた。「花と光？」

「『華』だ」

千里はやさしい目を月季に向ける。

「華という言葉には、花という意味と、光という意味がある。ふたり合わせて、華だ」

「ふたり合わせて……」

霊耀と月季、ふたり合わせて華。それはとてもすばらしい響きに思えた。

後日、それを霊耀に伝えたところ、いやそうな顔をされたので、月季は半べそをかいて帰り、千里の膝《ひざ》にとりすがった。千里は鷹揚《おうよう》に笑っていた。

それでも月季は、『華』という言葉がふたりをつなぐ縁《えにし》のように思えて、大事に胸にしまっている。

いままた霊耀におなじことを言ってみたら、やはりいやな顔をするのだろうか。

本書は書き下ろしです。
この作品はフィクションです。実在の人物、団体等とは
一切関係ありません。

烏《う》衣《い》の華《はな》

白川《しらかわ》紺《こう》子《こ》

令和６年 ４月25日　初版発行
令和６年 ８月10日　５版発行

発行者●山下直久

発行●株式会社KADOKAWA
〒102-8177　東京都千代田区富士見2-13-3
電話　0570-002-301（ナビダイヤル）

角川文庫 24141

印刷所●株式会社KADOKAWA
製本所●株式会社KADOKAWA

表紙画●和田三造

●お問い合わせ
https://www.kadokawa.co.jp/（「お問い合わせ」へお進みください）
※内容によっては、お答えできない場合があります。
※サポートは日本国内のみとさせていただきます。
※Japanese text only

ISBN 978-4-04-114617-0　C0193

◆◇◇